序　章

春は彼の春というものではな[illegible]の嫉妬を覚えるものでしかない。私が高齢であるが故のことであろ[illegible]い精力が衰え、やわらかな陽が降りそそぐ秋の訪れは、私には救いと[illegible]て、再生を妨げるかのような冷気を運ぶ冬が訪れる。それまで、私[illegible]抱いた陽を受けて、さわやかな風のささやきと戯れる。

仲秋の日曜日の午後、私は神戸[illegible]トの東玄関横にあるオープンカフェの前にいた。日曜日だからではなく、今日がたまたま日曜日だっただけなのだ。

私はこの老舗デパートの近くの一ＬＤＫのマンションに定年直後から住んでいる。それまで住んでいた賃貸住宅のままでもいいと思ったのだが、貯蓄を相続する肉親もいないため、利便性に優れたマンションを得ることで精神的な安定を求めたと言える。

マンションは神戸旧居留地内にあり、神戸市役所や駅にも近く、利便性も良いことから安価ではなかった。住宅ローンが組める年齢ではないので、定年までの貯蓄と退職金で購入した。そのため、貯蓄は多くは残っていない。

定年退職後は三年ほど嘱託の身分で会社に残ったが、それ以後は職にも就かず、暇を持てあましている。収入は年金だけだが、独り身のため、それだけで何とか生活している。

妻とは二十年ほど前に離婚した。子供がいなかったうえ、妻は仕事を持っていたため、妻の離婚後の生活を気遣うことも無く、それほどのためらいはなかった。離婚の原因は、今思うと明確なものが無かったように思えるのだ。妻に特に深い愛情を抱いていた訳でも無いが、嫌いだったというわけでもなかった。強いて言えば、一緒に居る必要性を感じなくなってしまったのだろうか。それは私の身勝手だったのかもしれない。

今日も暇つぶしと言えば聞こえはいいが、陰鬱といってもいい日常の気晴らしのためにオープンカフェでコーヒーを飲もうと思って来たのだ。

ここはデパート自体が賑わいを見せていることもあるが、トアロードに面していることもあって、いつも空席を見つけることが難しかった。

トアロードは、この旧居留地辺りから山手の北野町に通じる緩やかな坂道である。

かつて居留地に住んでいた外国人が名付けたと言われ、いわゆるハイカラなショップが軒を連ねている。

オープンカフェがこの旧居留地の雰囲気にマッチしていることも、その人気の一つのようだ。

今日は日曜日でもあり満席だったが、別のカフェに行くのも億劫に思った。見渡すと、道路に近いテーブルに女性が一人で座っているのを見つけ、断られるのを覚悟の上で声をかけた。

「すみませんが、相席をお願いできませんか」

女性はスマホから眼を離すと、顔を上げて私を一瞥した。

高齢者であることからか、警戒心も見せずに無表情で応えた。

「結構ですよ」

「申し訳ありません」と言って私が座ると、無理に繕った微かな笑みを見せながら会釈した。再びスマホに眼を落とした。

それほど若くは無く、とびっきりの美女という訳ではないが、何故か私は魅せられた。

自らすすんで向かい合って座ることになったことながら、私は戸惑いを感じた。その中で、私は引きつけられるように女性に眼差しを向けた。ただし、女性に覚られないように他のテーブルに眼を向ける素振りをしながら。

女性は高齢の私には一切かまう素振りを見せなかった。というよりは私の存在を無視しているといった方が合っていた。

私はウエイトレスを呼んだ。メニューを渡そうとしたが、ためらうことなくカプチーノを注文した。飲み慣れているということだけで、何を飲むか考えるのが煩わしかったのだ。

カプチーノを待つ間、女性に気付かれないように、女性を見つめることを繰り返した。眼が合いそうになると素早く眼を逸らせた。

女性はスマホをバッグにしまうとカップを口にした。相席になったことで早くこの場を離れたかったのだろう。

その時、ウエイトレスが「ごゆっくりどうぞ」と言ってカプチーノをテーブルの上に置いて立ち去った。

私は前の女性に眼をやりながらカプチーノを口にした途端、むせ返った。左手を口に当てたが、右手に持ったカップは大きく揺れてカプチーノが飛び散り、女性のブラウスにもかかってしまった。

女性は「アッ！」と驚きの声を上げた。

私はしまった！　と思ったがむせ返るのが治まっていなかった。

女性はすぐにハンカチを出し、ブラウスを拭きながら、「大丈夫ですか？」と自分のことよりも私に気遣いの言葉をかけた。

気付いたウエイトレスがすぐにテーブルを拭きにやってきた。

私はむせ返りが十分に治まらない中で、ウエイトレスに頭を下げてから、やっとのことで女性に「申し訳ありません」と言って謝った。

「家で洗濯出来るようには思いませんし、クリーニング代を出させてください。それでも汚れが落ちなければブラウスを弁償させてください」

「安物ですからお気遣いなく」と微笑みを浮かべながら、女性は私に視線を送った。

それが私の心に染み入った。

「最近たまに咳き込むことがありましてね。本当にすみませんでした。とにかく、弁償させていただきます」

女性は私の顔を見つめながら、先ほどよりも強い口調で返した。

「本当に結構なんです。お気遣いなく」

私はその言葉の勢いに押されるように軽く会釈して言った。

「そうですか。本当に申し訳ありませんでした」

女性は私の謝罪に応えるのがもはや億劫であるかのように私を一瞥した。

女性は頭を軽く下げ、膝に置いていたバッグとジャケットを手にして立ち上がると、支払いを済ませてトアロードを北に向かって歩きだした。女性としては長身で、私よりは少し低い位に思われた。

私はしばらくその後ろ姿を目で追った。久しぶりに魅力を感じさせる女性に巡り会えたことに安らぎを感じた。

しかし、それ以上の何ものでも無いことが現実だった。

小一時間ほど過ごすと今日も黄昏時を迎えようとしていた。

夕食のことが頭をよぎり、煩わしさを感じた。最近三日ほど外食が続いていたので、とにかくマンションに戻ることにし、オープンカフェを離れて歩きだした。

私には一人暮らしの気楽さに一応の満足感があった。その一方で、空虚な孤独を受容できないでいる自分の存在を感じることがあるというのが正直なところだ。

ドアを開けると、いつもの静寂が待っていた。リビングに入ると、夕陽が差し込み白いカーテンを通して床を照らしていた。

一ＬＤＫで一人暮らしでも十分とは言い難いようなものだったが、時には必要以上の空間を感じさせられ、不安に襲われることがあった。

まるで暗黒の大海に一人漂う漂流者のごとき自己を想起させられ、孤独がもたらす得体なき恐怖のあまり、死の誘惑の触手に抱擁されかけたが、瞬時に、僅かに残る生への執着がそれを打ち払ったこともあった。死後の世界へのただ単なる恐怖が、その抱擁を拒絶しただけだったのかも知れない。

ソファに座ると深いため息を漏らした。夕食を考えることは苦痛ですらあった。

とりあえず冷蔵庫の横の収納庫を開けると、レトルトカレーが眼に入った。飽き飽きした味を思い浮かべさせられると嫌悪を覚えたが、僅かながらも食欲という生の根底を成すものがそれを消去した。冷凍庫に冷凍ごはんがあることを思い出した。

冷蔵庫を開けると、トマトとひなびかけのキャベツがあったので、これでサラダもどきを作れると思った。

ゴージャスなディナーが出来上がると、ダイニングテーブルの上に置き、リモコンでテレビのスイッチを入れた。ニュースが流れ、それを見ながらスプーンを動かせた。耳に入ってくるものはテレビの音声だけだ。

食べ終わると、いつものようにコーヒーを入れた。この食後のコーヒーは今の私には至福の時と言えば大袈裟だが、不安を払拭し安らぎを感じる数少ない時だった。いつもはインスタントコーヒーで済ませることが多いのだが、今日は取っておきの好みのキリマンジェロを入れることにした。

飲み始めると、先ほどの相席の女性の表情が頭をよぎったが、苦笑でそれを消し去った。

テレビをつけたままにしていたが、ニュースが終わったので消した。それからは見るに堪える番組が無かったからだ。

芸人と称する輩が騒ぎたてて、自分たちは面白いから、お前たちも面白いだろう、だから笑えと言わんばかりの視聴者を見下したような番組は、面白くないどころか憤りさえも感じるのだ。

ドラマにも魅力を感じるものが無かった。時折、新聞に視聴率のランキングが掲載されるが、その中にはニュース番組が多く、しかも、他の番組よりも視聴率が高いことに納得できる。

ニュース番組が終わると夕刊を読むのがいつものことだ。その時は、年相応というか、昭和のポピュラーソングの名曲を流すことが多い。最近は大人が聞くに堪えるような歌手がいないように思うのだ。ダンディズムもコケティシュも感じることは希だ。そして、最近のエイトビートのチャカチャカと落ち着きのない曲は、どうも受け入れられない。

いたたまれない寂寥感に苛まれる時には、好みの交響曲にそれを払拭させることもある。

今日も古いCDをレコーダーにセットした。

第一章

突然、スマホが音を立てた。

手に取ると、現役時代から多少なりとも交流のある三島からだった。唯一の旧知と言ってよかった。

スマホに出ると、「真田、俺や。久しぶりやなあ。二年ぶりか。ブサイクな男やもめ、元気にしてるか」と変わらぬ口の悪さだ。

「お前と同じで元気やで。ブス爺さん」

これだけの会話でも癒された。

「暇で仕方がないから、明日お前のマンションに行ってやるよ。久しぶりやしなあ」

「来んでもええ、と言いたいとこやけど、来たいんやったら来てもええよ」

「昼前に行く。飯でも食おうや」

「了解」と言うと、三島はスマホを切った。

自然と笑みがこぼれた。

友人というまでにはいかない男だが、現役時代から何度か食事をしたことがあるという間柄だ。

翌朝、カーテンの隙間から入る陽が遅い目覚めを許さなかった。何となく体のだるさを感じながら体を起こすと、マニュアルと化したかのごとく、トイレに行き、歯を磨き、パジャマからジャージに着替えた。

いまや惰性になっている、コーヒーとスライスチーズをのせたトーストの朝食をとった。久しぶりに約束が入った今日は、ひと味違うものとなった。

十一時過ぎにチャイムが鳴った。インターフォンに出るとあの声が耳に入った。

「下りてこいよ。玄関前で待ってるから」

マンションの玄関を出ると、三島が笑顔を見せて言った。

「ほんまに久しぶりやなあ」

「ほんまや。市役所の裏手にデミグラスソースのうまいレストランがあるんや。そこでランチでも食べながら馬鹿話でもするか」

「ええで。持病の話と昔の愚痴でも喋るか」

三島が応えると笑いが漏れた。

レストランに着くと、私がドアを開けた。

「へえ、地下がフロアーになってるのか。洒落た感じや」と、三島は気に入ったように言った。

「ニューヨークにあるみたいなレストランやろ」

「そうやなあ」

「そうやなあ？　三島はニューヨークに行ったこともないくせに、よう言うで」

「お前もやろ」と笑みをこぼしながら、三島は下のレストランのフロアーを眺めた。

エントランスの前の階段を下りていくと、ウエイトレスが近づいて壁際のテーブルに案内した。一階のガラス窓から入る光で明るかった。

椅子に着くと、私はウエイトレスに尋ねた。

「今日のランチのメニューは何ですか？」

ウエイトレスは作り笑いを見せて答えた。

「ハンバーグとエビフライのセットです。パンかご飯のどちらかが付きます」

「それでええか」と三島に顔を向けると、三島は「うん」と短く応えた。

それを見てウエイトレスが尋ねた。

「ご飯にされますか、それともパンにされますか？」

三島は笑みを見せて応えた。

「この年格好を見てよ」

「ご飯ですね」

決めつけたように言うウエイトレスに、私は悪戯っぽく返した。

「残念でした。パンです」

ウエイトレスは声を出して笑った。

ウエイトレスが離れると、三島は私に語りかけた。

「ほんまのところ、ご飯の方がよかってんけど、お前のウイットに負けたよ。ところで、ランチでええと言うたもんの、ここのランチは高そうやなあ」

「心配せんでも大丈夫や。年金生活の俺がチョコチョコ来るぐらいやから。ディナーは高いかも分からんけど、ランチや定食やったら二千円でちょっとお釣りがくるよ」

「そうか。旧居留地にはこんな洒落た店が多いんやなあ」

「そういう点でも今のマンションに満足してるんや。ちょっと狭いけどな。この辺りはエレガントな風情があっても、高慢さや気取りが無いし、俺のようなジジイでも気楽に暮らせるんや」

「お前は気楽そうに一人暮らしを楽しんでるみたいで羨ましいわ」

「そういうとこも確かにあるけど、正直言うて、一人でいると気が滅入る時や惨めに思うこともあるんやで」

「そらそうかも知れんけど、プラスマイナスではプラスやろ。お前の性格からしたら」

　私は突き詰めた顔で応えた。

「まあな。けど、病気になった場合のことを思うと不安になる。死んだらどうしようと思うこともあるんや。孤独死も覚悟してるけど」

「死んだらどうしようなどと思うなよ。いつかは絶対に死ぬから心配するな」と言うと、三島は私を凝視して続けた。

「いつ、どこで、どういう死に方をするのか誰にも判らんよ。選ぶことは出きひん。そんなこと考えても仕方ないやないか。なるようになるだけや。死んだら当然意識は無くなるから、後のことはどうも出来ひん。心配すんなどうにかなるで」

　三島は捨て鉢に言うと笑みを見せた。

　私はその三島の顔を窺うように言った。

「そう言うお前は体の調子はどうなんや。見た目は元気そうやけど」

三島はおどけて言った。

「若い時から顔とスタイルはええねんけど」

私は笑みの中で返した。

「何をぬかすか！　イタチのボスの手下みたいな風采のくせに！」

「笑わすなよ、真田。しかし、口の悪さは変わらんなあ」

「お前とドッコイドッコイや」

三島は微笑みながら続けた。

「まあ、冗談はさておき、最近は心臓の調子がもう一つでなあ。手術を云々するもんではないけど、医者から処方された薬を飲んでる。血圧も高いから降圧剤もなあ。まあ、ぼちぼちということや。年が年やから、細かいことを言うと色々あるけどなあ。お前はどうなんや」

「顔とスタイルは悪いけど……」

「おいおい、嫌味を言うなや」と三島は笑みを見せた。

私は真顔で応えた。

「まあまあというとこかな。お前と同じようなもんや。時々、咳が出たり、むせ返ったりすることはあるけど大したことない。若い時から、ちょっと高血圧の傾向もあるけど」

「そうか。現役時代と大して変わらんのか」

三島は途端に顔を曇らせて言った。

「同期入社やった奴が何人か亡くなってるから、お互いに気をつけような」

「そうやなあ。せめて後十年ぐらいは生きんとなあ。それで苦しまんとポックリ死ねたらしゃあないか」

「良いことも悪いことも一寸先は闇。なるようにしかならんで」

三島はもう覚悟を決めていると言わんばかりに言った。

「何かうっとうしい話ばっかりやないか。パッとするような話もないか。宝くじも当たらんしなあ」と言って、私は笑みを浮かべた。

「そんなもん当たるわけないやろ。一等が当たる確率は数百万分の一やねんぞ。絶対に当たらんと言うてもええぐらいのもんやで。宝くじは合法的詐欺と言うてもええぐらいなんや」

「たしかになあ。三島の言うように、そうかも知れん。所詮は庶民のはかない夢か。悲しいもんや」

「何でもかんでも、そう悲観的になるなよ。元気でおれたら感謝せんとなあ。元気に生きとったらええこともあると思わんとなあ」

三島は笑みの中で私を諭すように言った。

私は辛辣に返した。

「嘘とは言わんけど、そんな白々しいこと言うなや」

「すまん。もう、うっとうしい話はやめようや。久しぶりやのに」と言うと、三島は話題を変えた。

「ところで、お前はどんな資産運用をしてるんや。銀行預金は大口定期でも利率は微々たるもんやしなあ……」

三島が続けようとしたとき、ウエイトレスが料理を持ってきた。料理をテーブルに並べると、「ごゆっくりどうぞ」と言ってテーブルを離れた。

「ハンバーグにかけてあるデミグラスソースがなかなか美味いんや」と言って、私は三島に顔を向けた。

「そうか、まずハンバーグから食べるよ」と言うと、三島はナイフとフォークを手にし、小さめに切って口にした。

「ほう！　お前の言うとおり独特のこくがあるというか、風味があるというか、美味いよ。さすがに、神戸の老舗のレストランだけのことはある」

満足そうな顔を見せると続けて話した。

「さっきの話やけど、俺には資産運用と言うには余りにも少ない額でしかないけど、資産の一部を投資信託してるんや」

「そうか」と、私は口にほおばりながら応えた。

「投資信託には、不動産とか債権を対象にしたもんがあるけど、それらは当然ハイリスク・ハイリターンなんや。今のご時世では、ハイリスクでもハイリターンは期待しにくい。そやから、優良企業の株を対象にしたもんに投資してるんや」

「ということは、大した利益が出えへんということやなあ」

「そやけど、銀行預金のほんまに腹が立つほど微々たる利息に比べたら、利益は馬鹿に出来ひんで。年金収入しかない身にとっては、臨時でたとえ数万円でも儲かったらうれしいもんやで」

私はうなずくと話し始めた。

私たちの若い頃には、定期預金や金銭信託の利率は低くても五%はあった。定年退職後は退職金の利息と年金で十分な生活ができたらしいが、今はとうてい期待できない。一部の特権階級たちはどうか知らないが、私たち庶民の高齢者には厳しい時代になっている。若い人達も多くが派遣社員で不安定な身分と低収入に喘いでいる。しかも、ここ数年ほとんど給料は増額していない。こんな政治が横行しても民衆はおとなしいものだ。そんな民衆に政治家や企業経営者は胡座をかいているのだ。彼らは何をされても怒りもしないおとなしい民衆を前提にして行動するのだ。民衆をなめているのだ。

「ほんまや、ほんまや」と、三島はナイフとフォークを動かしながら相づちを打った。

「政府関係者には、低金利なら投資需要が生まれて景気がようなるという短絡的なというか、程度の低い発想があるんやろ。経済はそんな単純なもんではないで。一国の経済問題を市場経済だけで解決しようとするには無理があるというこっちゃ」

こう言う私に、三島は真摯な顔で語った。

「今ここで愚痴を言うてもしゃあないなあ。まあ、お前も俺がやってるようなリスクが少ない投資信託を考えてみたらどうや。元本保証やないからリスクはゼロとは言われへんから、預金の全部やなしに、元本がゼロになっても良いと思えるような、負担にならん程度の少ない額で始めたらええねん」

「定年後に今のマンションを買うたけど、年が年やったからローンを組まれへんかったんで、ちょっと無理してなあ。それで大した貯蓄はないんや。そやけど、お前が言うように考えてみるよ」

　食事も終え、他愛もない話も尽きた頃、私は三島を誘った。

「そろそろ出よか。ＪＲ三ノ宮駅の北側にコーヒーの美味い店があるから行こうや」

　三島は笑顔で返した。

「そこは俺も知ってるよ。よう行くんや。ほんなら出よか」

　席を立ってレジに行き、私は「ワリカンでええか」と聞いた。

　三島は内ポケットから財布を出しながら応えた。

「もちろんやんか。お互い見栄張ることないし、それでええやんか」

　私達はレストランを出て、北に向かって歩きだすと快いそよ風が舞ってきた。今日も北に見える神戸の山は偉容を見せていた。

　地下のさんちかタウンに入って、ＪＲ三ノ宮駅を目指した。

　コーヒーショップに入ると、ウエイトレスに二階へ案内され窓際の席に着いた。

　私は即座に、「ホットのブレンドコーヒー二つ」とオーダーした。ウエイトレスが立ち去ると、三島は私の顔を窺った。

「俺はええけど、お前はカプチーノかキリマンジェロが好みやなかったんか？」

「ここは両方ともちょっと高いんや。年金生活やし、ランチでちょっと贅沢したからなあ」

私は冗談ごかしに言ったが、本音に近いものだった。

三島は顔を曇らせて言った。

「ほんまやなあ。収入は年金だけやし、何時まで生きるか分からんから、貯蓄をむやみに取り崩すには不安があるよ。楽な生活とは言われんよなあ」

「今の若い人達は俺達よりも遥かに大変やと思う。高い年金掛金を給料から引かれて、将来、今みたいな年金を受け取るのは難しいかもわからん。世代間相互扶助とは言い難いもんがある。それに、収入があるにもかかわらず、年金掛金が高いからというて払わんと、将来年金が貰らえんでも生活保護を貰たらええんやと、うそぶく不埒な野郎どももおる。いろいろ思うに、国と国民の将来のことを真剣に考えている奴がどこにおるんやろ」

「おるわけないやろ。以前の社会保険庁の役人達のデタラメな年金データ処理がええ例や。彼奴らは極刑になってもええぐらいやったんや。しかし、国民はおとなしすぎるよなあ。あんな時、外国やったらデモどころか暴動が起こっても不思議やないで」

三島の顔に怒りが浮かんだ。

「日本人は民意を結集して何も獲得したことがないんや」と私が自棄になって口走る

と、三島は大きくうなずいた。

「まあ、二人でなんぼぼやいてもしゃあないか。ところで、話は変わるけど、真田は何か運動してるというか、スポーツジムに行ったりしてるんか。今更、体力の向上なんか期待できんけど、俺は何とか現状維持はしたいと思ってな。何かスポーツを始めたいと思ってるんや」

「俺も考えたことがあるけど、この年になったら激しい運動は控えたほうがええと思ってなあ。毎日やないけど三十分程度の散歩をすることにしてるんや。旧居留地界隈を」

「そうか、激しい運動はあかんか。俺は相撲でもしょうと思ってんけどなあ。相撲はあかんか?」と、三島は笑みを湛えて言った。

私は口にしたコーヒーを吹き出しそうになった。

「笑わせるで、ほんまに。ええ年して、おまけに色黒の細い体のお前がまわしを締めたら、ゴボウにカンピョウを巻いたようになるで」

「憎たらしいこと言うなあ。しかし、当たってるだけに腹が立つやないか」

二人は声を出して笑い出した。

私は安らぎを得た。声を出して笑ったのは久し振りのことだ。

それから数日後、私は三島の勧めもあって、取りあえず、取引銀行の資産運用窓口に話を聞きに行くことにした。銀行はマンションから歩いて十分ほどである。

いつものように、コーヒーとトーストだけの遅い朝食を済ませるとマンションを出た。

銀行に入ると、案内係の女性行員が近づいてきて用件を尋ねた。投資信託について相談したいと言うと、受付番号カードをアウトプットして私に渡し、カウンターの前のソファに座って待つように言った。私はソファに座ったが、少額の運用であるだけに気が引ける思いをしていた。

アナウンスで私の番号が呼ばれたので、カウンターの前に行き椅子に座った。すぐに担当行員が現れたが、顔を見た途端、お互いに「ア!」と声をあげた。この前、私がオープンカフェでブラウスにカプチーノをかけた女性だった。

「奇遇ですねえ、全く。この前は本当にご迷惑をかけました」

「いえ、お気になさらないでください」

「しかし、とにかく驚きましたよ」

「本当ですねえ」

女性は私の感情の昂揚に頓着することなく、無表情で私から眼を逸らせて応えた。

女性は名刺を差し出して、「資産運用担当の矢島です。よろしくお願いいたします」と言って頭を下げた。

私は名刺を手にすると、『矢島和子』という文字を眼に刻印した。即座に、無意識のうちに女性の左手の薬指に眼を移していた。細い指だけが眼に入った。

「本日のご用件は？」と自分の職務に忠実な口調で私に尋ねた。

私はその対応に少なからず落胆を感じた。そして、そんな自分を哀れみ蔑んだりもした。

私は投資信託は初めてであり、とりあえず、少額でリスクの少ないものに投資したいと三島に勧められたように説明した。

女性は無表情のままでどれ位の額を考えているのかと尋ねた。

その途端、私の体に羞恥の悪寒が走った。

三十万円程度を予定していたが、彼女の眼がそれを拒絶するように感じた。

「小遣い程度の五十万円で」と無謀な虚栄心が口を開かせた。

その額でも軽蔑の眼差しを享受することを覚悟した。

女性は私の事情を見透かすように見つめたが、そこには私を蔑むような眼差しはなかった。

「全く初めてでしたら、もっと少額でも良いかと思いますが」

そこには、メガバンクの社員にありがちな慇懃のうちにみせる高慢な威圧はなく、私は平静に口を開くことができた。

「そうですね。それじゃあ、三十万円でお願いします。ハイリターンでなかっても、ハイリスクやなかったらいいんです」

「そうですよね。無理なさらなくても」と言う女性の顔には笑みが見られた。

その微笑みは私の胸に焼きついた。

「お客様のご希望からしますと、優良企業株を対象にした投資信託がよろしいかと思いますが」

「知人からもそう聞いています。それでお願いします」と言う私の声は上ずっていた。

申込書に必要事項を記入するように言われ、ペンを動かしたが文字が乱れた。

女性は記入された申込書を見ると、わざとらしい笑みを繕って言った。

「真田幸信様ですね。この近くにお住まいなんですか。便利で良い所ですね」

「そうですね。独り身にとっては特に」と応えたが、無駄な言葉を加味したことに後悔した。

所定の手続きを終えると、関係資料を渡され、情報はその都度提供すると告げられた。

女性は有り難うございましたとだけ慇懃に言って頭を下げた。微笑みは無かった。私は礼を言ってその場を立ち去るしかなかった。

型どおりの会話に終始したことに物足りなさを感じたがそれまでだった。

銀行を出て腕時計を見ると、正午近くになっていた。自宅にこのまま戻るのも気が重く感じたので、JR三ノ宮駅の構内にあるカフェでコーヒーとパンを楽しむことにした。

カフェに入ると、軽いランチを求めてか、空席は無かった。別の場所に行くのも面倒と思い、入口に立って空席を待った。

しばらくして、四人席が空いたので、一人で座るには気が引けたが、テーブルに投資信託の資料を入れた紙袋を置いて、トレーを取りに行った。チーズとハムを挟んだカスクートとデザートを兼ねてアップルパイをトレーに置き、レジに行ってホットコーヒーをオーダーした。

安上がりのランチで千円でお釣りがあった。

席に戻ると、中年女性二人が横並びに座っていた。二人は私に気付くと、その内の一人が、「混んでますから、相席させてもらいます」と私を睨み付けるようにして言った。

断りを入れてから座るのは許容の範囲だが、当然の如く言われると気分は悪かった。私はテーブルの隅に避けられた紙袋を内側の席に置き、通路側の席に腰を下ろした。中年女性は私にかまうことなく、鼻が低くなるほど大きく口を開けてパンをかじりながら話し出した。

醜態を見せつけられるうちに、ふと、矢島和子の微笑が浮かんだ。未練が生じるまで成熟した記憶では無かった。惨めさを味わう前に、女性・矢島和子を脳裏から捨て去ることに努めた。今は、そこに躊躇が生まれるものでは無いことが幸いだった。

カフェを出ると、有り余る時間で映画を観ることにし、駅前のビルの九階にあるシネマコンプレックスを目指した。

上映中の作品リストを見るとめぼしいものは無かったが、今更、他のことを考えるのも億劫であり、カーアクションが売りものの映画を観ることにした。鑑賞後に深刻な気分にもならないだろうし、それなりに気が紛れることを期待してのことだ。

チケット購入のタッチパネルで検索するとそれほどの空席は無かった。上映中に会話を交わす輩を避けるために、前後左右に予約の無い席を探し、料金を支払った。近頃はシニア割引なるものがあり、高齢者には有り難い。

上映までに多少の時間があったので、ロビーのソファらしき腰掛に腰を下ろした。鑑賞後のことを考えると気が滅入る思いがしたが、映画への期待で何とか紛らわせた。そう思っているところに、入場案内のアナウンスがあり入場口に行ったが、平日のためか高齢者が多かった。これが現実の世の一隅を示しているように思われた。

予想どおり、感動を得られるというものでは無かったが、しかし、その時間だけは現実を忘失するという収穫を得た。今はそれで良しと思わざるを得ない。

シネマコンプレックスを出ると、夕食には少し時間があったが、帰宅して自炊するのも面倒であり、さんちかタウンの天ぷら屋で定食を食べることにした。

帰宅すると、コーヒーを飲みながら、いつものように古いCDを楽しんだ。

こんな変哲も無い日々が続くことが常態となっている。歓喜を呼ぶ出来事はなかった。

最近は、苦悩を感じるまでの鋭利な神経が薄れることさえ願うようになった。

数日たったある日の午後、スマホが鳴った。

スマホに出ると、「おい、男やもめ、元気か」と言う三島の声が飛び込んだ。

「元気やで。ゴボウ力士はどうや」

「嫌なこと言うなあ。まだ相撲部屋には入門してないぞ！」

二人はスマホ越しに声を出して笑った。

「冗談は置いといて。実は、お前も知ってる石田からバカ話でもしたいという電話があってなあ。たまには大人数でどうやと思ったけど、めぼしい奴は体調を崩してたり、入院中やったりしてなあ。お前は石田とは親しくなかったと思うたけど、石田に言うと三人でどうやということになったんや。お前、この話に乗るか?」

「石田とは親しくはなかったけど、悪い奴とか嫌な男とかいう印象は無いなあ。忙しいけどご要望に応えてもええけど」

「お前、よう言うよなあ。暇というもんに苦しまされてるくせに。まあ、それはそれとして。いつでもええやろ。デートの約束でもあるんか?」

三島は悪戯っぽく、答えが明白な質問をした。

私はその期待に背くように応えた。

「彼女との約束があるけど、その日と重なったら彼女に頼んで日を変えてもらうよ。多分、彼女は許してくれると思うから、大丈夫」

「ハッハッハ! アホなことよう言うよなあ。けど、そのウイットをほめてやるよ」

「お前の冗談に応えただけやないか。残念ながら、いつでもええ」

「ほんなら、明後日の金曜日十一時にJR三ノ宮駅の中央改札口に来いよ。美人の彼女によろしくな。ハッハッハ！」と笑いながら、三島はスマホを切った。

私には数日ぶりの刹那の談笑だ。

当日、約束のＪＲ三ノ宮駅の中央改札口に行くと、すでに二人は来ていた。

先に石田が私に気付いて軽く会釈した。それを見て、三島が「よう、真田！」と言って笑顔を見せた。

私が近づくと、石田は愛想良く話しかけてきた。

「真田さん、ほんまに久し振りですなあ。何年ぶりかねえ」

「ほんとですなあ。現役時代はあまり話したことが無かったけどねえ。そやけど、〝さん〟付けで呼ぶのは止めましょうや。呼び捨てでええやないですか」

「正解！　気安く話したらええよ」と三島が笑みを見せて言うと、二人は大きくうなずいた。

「それはそうと、どこに行くかなあ、真田」と三島が私に顔を向けた。

「そうやなあ。旧居留地に現存する異人館をそのままレストランにした所があるんや。ちょうど市立博物館の裏手でなあ。ランチにしたらちょっと高いけど、目が飛び出るほどやない。けど、人気があるから、今から行っても予約で一杯かもしれん」

「そうか、たまにはそんなランチもええで。まあ行ってみてあかんかったら、その辺で探したらええやん。あの辺は小洒落たレストランがぎょうさん（関西弁で『多く』のこと）あるからなあ。どうや？」

三島は石田の顔を窺った。

「ええよ。まかせまっさ」と石田が応えると、三人は歩を進めだした。

石田は歩きながら私の顔を見て言った。

「元気そうやなあ」

「同じ年やで。外見はどうか知らんけど、細こう言うたらいろいろとあってなあ。石田と同じようなもんや」

聞いていた三島はすまし顔で言った。

「三人とも大して変わらんで。ただし、俺はお前らとちょっと違うけどな」

私が案じるように尋ねた。

「へえ、お前どっか体が悪いんか」

「俺はナイス・シニアと言うこっちゃ」

「アホクサ！　どの顔さげてそんなこと言うねん。時代劇で最後の方で切られる年寄りの悪役みたいな顔して！」と私が言うと、二人は声を上げて笑った。

三島は笑顔のままで言った。

「真田の毒舌には負けるよ」

冗談を交わすうちに、私が「あそこや」と言って、交差点を渡って右手にあるレストランを指さした。モダンなビルの林の中に、レトロだが風格のある木造の洋館が佇んでいた。

三島が顔をしかめて尋ねた。

「おい、真田。ジジイ三人が入れるとこか」

「心配せんでも格式張ったとこやない。それに俺達三人はイケメン・シニアやから安心せえ」

私は笑いを押し殺して、くそ真面目に言った。

三島は生真面目に応えた。

「そうか。そやけど、ナイス・シニアよりイケメン・シニアの方がしっくりするなあ」

その顔を見て、私はついに吹き出して笑った。

石田は二人のやりとりを聞いてニタニタしながら口を挟んだ。

「確かに、ちょっと敷居が高そうやけど取りあえず入ろう」

エントランスに入るとウエイターが近づき、「どちら様ですか」と尋ねた。

予約はしていないが三人で食事出来るかと問いかけると、二時前までなら大丈夫だと応えた。三人は顔を見合わせるとうなずいた。

ウエイターに案内されて窓際の席に座った。

そこは異人館の一階のダイニングルームとリビングルームを改造したものだった。古風な感じだがエレガンスがそれを凌駕していた。

石田は室内を見回しながら尋ねた。

「洒落たレストランやなあ。真田は誰とこんなとこにくるんや。聞くのは野暮か」

三島がおどけて言った。

「決まってるやん、オードリー・ヘップバーン似の美女と来とんや。そうやろ、真田」

「お前、何でそんなこと知っててんねん。誰にも言うてないし、誰にも見られた覚えも無いぞ」

私が顔をしかめて応えると、二人は声を出して笑った。

一斉に、周囲の侮蔑の眼差しに射られるのを感じた。

三島と石田はそれを一向に解していなかった。

そこに、仏頂面のウエイターがメニューを持ってきた。

私はメニューを見ながら二人に声をかけた。

「アラカルトよりもランチコースをオーダーするか？」

石田はウエイターに顔を向けて聞いた。

「魚コースの魚は何でっか？」

何でっかとは恐れ入ったが、ウエイターはしかめっ面でヒラメのムニエルだと答えた。

石田はわざとコテコテの大阪弁で言った。

「そうだすか、それにしまっさ」

「わてもそれにしまっさ。油もんは控えてまんねん」と三島がそれに続いた。

「僕もそれで」と私が答えると、ウエイターは安心したように頭を下げて尋ねた。

「ランチコースには、メインディッシュの他にスープとサラダとパン又はご飯、それにソフトドリンクが付いています。パンとご飯のどちらにされますか」

「ご飯でええやろ」と、私が顔を向けると二人はうなずいた。

ウエイターは無愛想に口を開いた。

「ドリンクは食事が終わってからお持ちしますが、何にされますか」

「俺は、冷《れい》コー」と石田が応えると、ウエイターは「はあ？」と発して眼をむいた。

その顔を見て私は尋ねた。

「まだ、アイスコーヒーはありますか？」

彼は私の問い掛けに納得したらしく、「ええ」とぶっきらぼうに応えた。

石田は彼の顔をまじまじと見た。

「あんた、冷コーが何か知らんかったん？」

彼は感情をあからさまにして石田を睨んだ。

「ワシも冷コー」と三島が続けたので、すぐさま私は彼の気を逸らせるように言った。

「僕はホットで」

彼は承知しましたと言って、何とか無表情を繕って立ち去った。

「お前ら、からかうのもいいかげんにしろや。冷コーなんて、今となってはほとんど死語になっとるやないか。古い喫茶店でも通じひんのんとちゃうか」

石田がおどけて言った。

「この年になるとなあ、からかうことしか楽しみが無いんや」

さもありなんとばかりに、三島は笑みを浮かべた顔を私に向けた。

スープが届くと、石田はズウズウと大きな音を立てて飲み出した。

隣のテーブルの女性たちが私たちを蔑むように一瞥した。

二人が石田の顔を見つめると、石田は反発するように言った。

「あかんか？　自分でお金を出して食べるのに、どんな食べ方をしようが人に迷惑がかからん限り勝手やないか。何を偉そうにテーブルマナーとか何とか言うねん」

三島が諭すように話しかけた。

「そらそうやけど、もうちょっと音を抑えた方がええで」

石田は神妙な顔つきで応えた。

「そうか。すまん。気を付ける」

「基本的には、石田の言うことは間違いやない。やたらとテーブルマナーを振り回す高慢ちきな奴らに比べたら、まだましや。けど、三島が言うたようにちょっと音が大きかったなあ」

「わかったよ。もう勘弁、勘弁」と石田は恐縮した。

現役時代は疎遠だったが、悪い男では無いことがわかった。

メインディッシュが届くと、それを口に運びながら、私は石田に尋ねた。

「それはそうと、何か仕事してるんか?」

石田はせわしくナイフとフォークを動かしながら答えた。

「退職後は無職や。働こうと思うて色々職探しをしたけど、年齢を言うただけで断られた。人並み以上とは言わんけど、力仕事以外やったら今でも人並みには出来る自信がある。二人とも同じやと思う。高齢者を十把一絡げにして社会が拒絶してるんや。

個々の高齢者を見てほしい。高齢者でも個人差は大きいんや。俺達は年齢による差別を受けてるんや」

石田は憤懣の表情を見せた。

私はそれに応えて話し出した。

「確かになあ。一寸前に、日本の企業がアメリカで社員を募集する時に年齢制限を設けたらしいけど、それは年齢による差別やとして強烈な批判を浴びたんや。個性や個々の能力を重視するアメリカらしい反応やと思う。高齢者を、と言うよりも、人間を年齢だけでは評価せえへんということや」

二人は大きくうなずいた。

私は続けた。

その上、経験でしか得られない知識・技能というものがある。このことからも経験豊かな高齢者を活かさないといけない。働ける能力がある高齢者を活かすことを社会全体で考える必要があると思う。少子化で益々労働力不足になるはずだからだ。高齢者イコール無力という固定観念を捨てるべきなのだ。どこの分野の中枢にも国と国民の将来を真剣に考えてる奴がいない。どいつもこいつも保身に汲々としてるだけだ。

三島は私の話を聞いて口角鋭く語り出した。

「真田の言うとおりかも知れん。高齢者の全てに現役時代の能力があるとは言わんけど、大部分の高齢者は充分に働ける。高齢イコール能力衰退と断言出来ひん。個々の高齢者を見て労働資源として活かすべきや。俺のエゴで言うんやない。近未来の日本のためや」

石田はすまし顔で言った。

「そのとおりや。それに俺達も少子化阻止にも大いに貢献すべきなんや！」

二人は思わず食事を止めて顔を見合わせると、ほとんど同時に「アホなこと言うなよ」と口から飛び出た。

「何か気に障ることでも言うたか。気にすんな。俺はまだまだ元気や、頑張るぞ！」

石田は頬張りながら、悪戯っぽく笑みを浮かべた。

二人は苦笑いするだけだった。

私は石田に問いかけた。

「まあ、そっちの話は置いといて。俺は三島にも聞かれたんやけど、お前は健康のために何か運動とかスポーツとかいう類のことをしてるんか。俺はこの旧居留地内のマンションに住んどうから、時々散歩するぐらいや。疲労が溜まらんように一時間を超えん程度やけど。まあ、三〜四十分ぐらいかなあ。お前は相撲でもしてるんか」

「相撲！」と言うと、石田は喉が詰まるような顔つきになり、「アホなこと言うなよ。この年でできるかよ」

石田はまともに受け取ったのだ。

三島は満面に笑みを湛えていた。

石田は二人に眼をやって語りだした。

「俺はたまにやけど、ストレス解消も兼ねて女房と二人でボウリングに行ってる。まあ、月に二～三回ぐらいというとこかな。ピンが全部倒れてストライクを取ったときにはスカッとするぞ」

すかさず三島が石田に顔を向けた。

「俺は永いこと行ってないなあ。若い頃はボウリングが流行ってよう行ったもんやけどなあ。プロスポーツの花形やった。特に、女子プロの人気が高かったなあ。ところで、お前、スコアーはどの位出るんや。一〇〇を超えられるんか」

「バカにすんなよ！　そんな低いスコアーやないぞ。その時によるけど、二〇〇を超えることもたまにはある。平均したら一五〇を超えるくらいかなあ」

私はすまし顔で言った。

「へえ、まあまあのスコアーやないか。そやけど、そんな大きなボールがどこにあるんや？　お前の特注のボールか？」

「アホなこと言うなよ！　憎たらしいけどおもろいこと言うやないか！」と石田が応えると、三人に笑い声が漏れた。

三島は石田に顔を向けて言った。

「真田は無骨そうな顔しとうけど、ウイットに富んだことを言いよるんや」

「そうか、人は見かけによらんというこっちゃ。ええことやで。心に余裕があるんやなあ」

「いいや、とんでもないよ。不安を紛らわせてるだけや。ベッドに入ったら、眠りから覚めることが無かってもええと思うことがあるよ。お前らと違うて一人身やからなあ。子供も孫もおらんし」

私がしんみり言うのを聞いて、石田が語りだした。

子供や孫がいてもいなくても大して変わらない。命あるものはいつかは滅びるのが宿命だ。人類も地球も命には限界がある。宇宙も例外ではない。いつかは分からないがみんな必ず滅びる。これは厳然たる宿命だ。科学がいくら進歩しても、この自然の法則・摂理を覆すことはできない。命あるものはいつかは滅びるのが宿命だ。

地球の誕生はおよそ四十六億年前、人類が誕生したのはほんの二十万年前だ。地球の歴史からすればほんの一瞬だ。原因は定かでないが恐竜は絶滅した。その生存期間も一瞬のもんでしかなかった。多くの生物が同じように絶滅していった。人類という生物もそうなっても全く不思議ではない。しかし、だからといって、理性を捨て欲望にまかせて生きることを肯定するのではない。

失笑を買うかもしれないが、子孫を云々することにどれだけの意味があるのか。

「おいおい、大きい話をしだしたなあ」と私は戸惑いを見せたが、石田はかまわず続けた。

ろくでもない核保有国が世界制覇を目論んで核戦争を始める可能性は十分過ぎるほどある。核保有国の中でも人口大国は核戦争が勃発しても何人かは生き延びるかもしれない。それを見越して核戦争も辞さない可能性がある。こんな全く狂気じみたことさえも完全に否定出来ないのが恐ろしい現状だ。核保有国はあらゆる場面で傍若無人に振る舞う。軍事だけではない。核兵器使用をちらつかせて、政治にも経済にも理不尽なことを平然とやってのける。何年後か分からないが、核戦争で人類が滅びる可能性は極めて高い。愚かな人類のエゴが自らを滅ぼす。

いずれが原因にしても、いつかは必ず人類が滅びるなら、子供や孫がいてもいなくても大して変わるものではないのだ。

石田は顔をしかめてこう言い放った。

三島は困惑気味に言った。

「おいおい、石田、あまりにも突拍子もないこと言うなや」

「今言うたことは明日起こるかもわからんし、百年後かもわからん。いや、一時間後かもしれん。デタラメを言うたつもりはない。俺は実際にそう思ってる」

二人は呆然とする中で耳を傾けた。

そこに、食事を終えたのを見計らって、ウエイターが食器を片付けに来た。ドリンクをお持ちしますと言って立ち去った。

途端に石田は表情を崩し笑みを見せながら、ウエイターが来たらからかってやろうと言った。

そして、また語りだした。

どこの国でも政治の実権を握る奴らには常軌を逸するようなところがある。恐怖を感じることがある。権力は征服欲を呼び起こす秘薬なのかも知れない。独裁者が権力を握る軍事大国は恐怖でしかない。核兵器を保有していればなおさらだ。民主主義国家でも、民衆が政治に無関心で民衆が政治を監視しなければ、権力を掌握した者は独裁者になり、民衆は奴隷になる。民衆の政治への無関心は恐ろしい結果を招来するのだ。歴史が語っている。権力の集中は究極的には破滅を招く。核保有国の独裁者が核兵器のボタンを押さないように祈るしかない。

石田はユーモラスにコテコテの大阪弁を使うジジイの顔ではなくなっていた。

私と三島は豹変した石田の表情を唖然として見つめた。

「何かおかしいこと言うたか?」と石田は平然とした顔を見せた。

私はまじまじと石田の顔を見つめた。

「いや、おかしいことはない。石田がいろいろ語ったことは、荒唐無稽のようやけど全く否定できひん。けど、石田がそんなこと言うとは思わなんだ。予想外や。しかし、誰もそんなことを意識して生きてるわけやないで」

石田は冷厳として言い放った。

「そらそうかもわからん。けど、将来的には回避できひんかも分からん恐怖の事実を忌避しているだけやないか!」

そこに、ウエイターがドリンクを持ってきた。

彼は「冷《ひ》やしコーヒーです」と言って、石田の前に置いた。

途端に石田は顔をしかめて彼を一瞥したが、途端に、誇張した大阪弁で言って笑みを向けた。

「おおきに。お主、なかなかやるやおまへんか。失業したら芸人になったらどうだすか。クズ芸人がぎょうさんおりまっさかいに売れっ子になれまっせ」

先程とは全く異なる穏やかな顔つきを見て、人間という生きものが単純ではないことを再認識した。

さすがに、ウエイターも表情を崩すと四人に微かな笑い声が起きた。

私と三島にドリンクを置くと彼は笑みを浮かべて立ち去った。

「石田、こっちの方がからかわれたやないか」

と三島は石田に顔を向けた。

「一本やられたなあ」と言う石田の顔には笑みがあった。

アイスコーヒーを口にしながら、石田が話題を変えた。

「ところで、最近、何かええことあったか？」

「あるわけないやろ」と私は即答した。

「俺は小さなことやけど良いことがあった」と三島は応えた。

「へえ、どんなことがあったんや」

石田は興味を示した。

「昨日、コンビニで食後のデザートにと思って、女房と俺の分のスイーツを二つ買うたんや。レジで支払いをした時に、お釣りの一円玉が転がっていって、周りを探したけど見つからなんだ。一円のことやしまあええか、と出口に向かった時、若い男が拾って渡しに来てくれたんや」

「へえ、今時そんな若者もおるんやなあ」と石田は感心した。

「俺が礼を言うと、きまり悪そうにして出て行った。何かうれしかった。普通やったら、一円のことやし見つけても知らんぷりするだけやろ、このご時世では。久し振りに気持ち良かった」

私はその三島に言った。

「そやけど、落として見つからんかったんが千円札やったらどうなんやろ。お前もすぐには諦められへんやろし、拾った奴はすばやくポケットにしまい込むんが関の山やと思う。どうでもええ一円玉やから、お前に返してくれたんかもしれんで」

「嫌なやっちゃなあ、お前は。俺は素直に受け止めて喜んでるのに」

「お前に嫌な思いをさせるつもりはなかったんや。すまん。俺は逆に嫌なことがあってなあ」

私は顔をしかめながら話した。

「ちょっと前に、行きつけのクリニックで診察が終わったんで、支払いをしようと思って、ズボンのポケットに入れていた一万円札を出そうとしたら無くなってた。保険証と一緒にポケットに入れといたのがまずかったんや」

三島が怪訝な様子で尋ねた。

「何でわざわざ財布から出しといたんや」

「その疑問は分かるよ。俺はどこでも同じやけど、支払いに時間をかけんとすぐにしようとするんや。細かいお金が無かったんで、それで一万円札を財布から出しといたんや」

三島は私を見透かすように言った。

「お前らしいとこや。もたもたして後ろの人に嫌な顔されとうないんやろ」

「まあ、そういうことや」と応えると話を続けた。

支払いの前に会計窓口で保険証の提示を言われて、急いでポケットから保険証を出した時に、ポケットから一万円札が滑り落ちたのだろうと思う。それしか考えられない。周りのフロアーを探しても見つからなかった。保険証を窓口に出しに行った時に、ポケットから一万円札が落ちるのを見て、誰かが素早く手にしてしまい込んだのに違いない。保険証を窓口に提示しに行った時に、高齢者が一人椅子に座っていたのは記憶にあったが、その時は他に誰もいなかった。あの高齢者の仕業としか思われない。

証拠も無いが、状況からするとあの高齢者がしたことに間違いない。無茶苦茶腹が立った。その高齢者は見つけたのが硬貨なら渡していたかもしれない。

三島は気の毒そうに言った。

「そんなことがあったんか。腹が立ったやろ。年金生活者の一万円は小さないからなあ」

「しばらくは腹が立った。けど、世の中はこういうもんなんやと改めて思った。世の中、善人ばっかりやったら苦労せんわ。善人はおらんと思っといた方が気は楽やし落胆することも無い。長いこと生きてきて、そう思うんや。うかつな俺がバカやっただけや」

「そこまで言うなよ」と三島は口を挟んだ。

「そやけど、腹が立つんは、あんなことをした奴にも罰が当たらんということや。悪いことをした奴に罰が当たったなんて聞いたことが無い。ただし、俺は罰が当たらんでも悪事を働くつもりはないけどな。犯罪を犯して警察に逮捕されるのは罰やない。法で裁かれるんは罰が当たることやないんや。悪いことをしたことに相応する悪い出来事が犯人の身に起こることが罰やろ」

石田は私を諭すように話しかけた。

「ニヒリスト爺さん、そんなこと言うなよ」

私はすぐに言い返した。

「お前に言われたら世話ないよ」

石田は笑みでうなずきながら言った。

「たとえ、それが的を射ているとしても、全てがそうやと思うて暮らすのは辛すぎるで。三島が経験したようなこともあることを信じんとなあ」

三島はしみじみと言った。

「しかし、真田の言ったことには現実味があるなあ」

石田はしんみりと呟くように言った。

「真田は辛辣に言うたけど、三島に一円玉を渡してくれた若者は良い奴なんやと思いたいよなあ」

私は顔を曇らせて話した。

「石田みたいに大げさに言うと、戦前は軍部というか為政者は日本の民衆の美徳を悪用した。戦後は、民衆自らがその美徳を破壊したんや。昔は泥棒にも仁義があったらしい。貧乏人や年寄りからは盗まんということや。今の世の中、そんなことお構いなしや。犯人に若い奴が多いオレオレ詐欺なんかその典型や。特に、最近の若い奴らには道徳感や正義感に欠けることがあるんが気になる」

「そやけど、全部がそうとは思えんで。まあ、いつの時代も年寄りは近頃の若い奴らはと言うて若者の言動を憂い、若者は若者で年寄りの言動が古いと言うて年寄りを忌み嫌う。老いぼれは早う死ねなんて言うたりする。今までがその繰り返しなんやで」

と三島が返した。

私は捨て鉢に言った。

「そらそうやろ。そやけど、最近、特に気に掛かることがある。人間性には価値を認めない学習塾とやらで受験勉強に励んで、成績の優劣が人間の優劣と同一視するようになる。そんな非人間的な若い奴らが世の中にはびこってみろ、俺達のような増えすぎた高齢者を殺せと叫ぶようになるで。高齢で無能な者は不要ということっちゃ。そいつらが権力を握ったら高齢者殺しが正当化される法律も作りよるかもしれん。自分も高齢者になることを忘れてな」

「真田、お前の言うことは極論すぎるというか荒唐無稽やで」と石田は真顔で応えた。

私は話を続けた。

確かに、極論だが、電車の中でそんなことを言う奴がいる。背広でネクタイ姿の奴に多い。今のままなら日本の未来にあまり期待していない、というよりも期待できない。国民の間に連帯感がない。お互い日本人同士という意識が無いのが一番気になるのだ。それに、平気で自分の子供を殺す若い奴も少なくはない。若い奴らだけではなく、かつての『日本』というものの全てが腐り始めている。

聞いていた石田は語気を強めた。

「真田の言うのは極端や！」

「そうかも知れれん。最近、善行にお目にかかるんは珍しなった。笑われるかもしれんけど、無残なあの敗戦で民衆の美徳が破壊し続けて、拝金主義の横行がそうさせたんかもしれれん。けど、よくよく思うたら、いつも狂ってるんが世の中かもしれれん」

私は吐き捨てるように言い放った。

三島は繕った笑みの中で言った。

「そう思い詰めたように言うなよ。けど、全くの的外れとは言えんやろ」

「確かになあ。けど、俺はあの一円玉程度の期待を持つよ」と言って、石田は三島に顔を向けた。

暫時の静寂が流れた。

その中で、石田が口を開いた。

「真田とは若い時からの付き合いやないし、はっきり言うて現役時代は親しくなかった。けど、たまには今日みたいに、この三人で飯でも食いながらいろんな話をしたらええやんか。真田は子供も孫もおらんと気にして言うたけど、ベートーヴェンやブラームスにもおらんかったやないか」

私は冷徹に応えた。

「ヒトラーにもな」

即座に石田が反応した。

「おいおい、真田、そんな嫌味を言うなよ」

「すまん、そんなつもりやなかったんや。バカ話でもしょうということやったけど、けったいな気分の悪い方に話がいってしもた」

三島が二人の顔を見て茶化すように言った。

「ニヒリストのジジイが二人もおるからや」

二人は苦笑いした。

「ええ話が出そうに無いし、時間のこともあるから出よか?」と、私は促すように二人の顔を窺った。二人は大きくうなずいた。

私はテーブルに置かれていた伝票を持ってレジに向かった。

「ワリカンでええやろ」と言う私が手にした伝票の金額を見て、石田は「おお!」と眼をむいた。

三島は笑みの中で言った。

「たまに、ゴージャスな気分を味わえたんやからええやん」

レストランを出ると、三島が二人の顔を窺うように言った。

「時間もあるしこれからどうする？」

私は敢えて笑みを繕って言った。

「ジジイ三人で近くのメリケンパークあたりに行ってもさえんやろ。恋人同士やあるまいし。今日はこれでええやん。またの機会に」

正直なところ、早く一人になりたかったのだ。

二人は不本意そうな表情を見せながらも了承した。

石田は笑みを浮かべて言った。

「また三人で会食しようや」

「分かった」と二人は相づちを打った。

私は三宮に向かう二人と別れて、西に向かって歩きだした。

いつものように夕食が気になったが、今は考えるのが煩わしかった。夕食までにはかなり時間があるので、デパートの側のオープンカフェでカプチーノを飲むことにした。先程のホットでは味も量も物足りなかったのだ。

第二章

平日だが、今日のオープンカフェは満席に近い状態だった。

道路沿いのテーブルが空いているのを見つけると腰を下ろし、いつものカプチーノをオーダーした。

運ばれてくるまでには、大した時間は掛からなかった。

私はカップを口にすると、ふと矢島和子の顔が浮かび、ここがあの時の席と同じことに気付いた。

私は自らを憐憫する境地に陥らぬよう、彼女の面影を脳裏から消し去ろうとして、多くを口にすると一気に飲み込んだ。

私は空しい平常心を得ると、暫くはいつものように周辺の賑わい眺めて楽しんだ。

やがて、席を求める人が増えてきたので、私は席を離れ、支払いを済ませるとマンションに戻った。

慣れきった静寂の中でソファに座って新聞を手にしたが、しばらくすると眠りにおちいった。

気がつくと、私は暗闇の中にいた。シーリングライトのスイッチを押すと睡魔が残る中でも、夕食が気がかりになった。手っ取り早く済まそうと思い、デパ地下（デパート地下売場）の食料品売場を目指した。

時刻が時刻のため、夕食の総菜やデザートのスイーツを求める人で賑わっていた。ここは、総菜にしろスイーツにしろ、バラエティーに富んでいる。特に、スイーツは和洋を問わず、神戸で有名な多くの老舗が出店していた。

私は物色するのが面倒な時には、きまって寿司を買うことにしている。当たり外れが少ないからだ。

閉店時刻が迫る時には、売れ残りに値引きのラベルが貼られ、ちょっとした争奪戦が行われた。値引きを期待するには時間があったので、無難に盛合寿司を買った。

支払いを済ませるとエスカレーターに向かったが、その時、和食総菜店の前にいる女性の姿が眼に入った。矢島和子だった。さすがに、動揺を感じたが、当然、期待できるものは考えられるわけでもなく、その側をやり過ごそうとした。

一瞥すると、彼女は店員に困惑の表情を見せ、顔はやや蒼白になっていた。

「すみませんが、キャンセルしてください」という彼女の声が耳に入ってきた。

私は咄嗟に、財布を無くしたかお金が足らないのか、彼女の困惑の事情を察した。

私は思わず近づいて、差し障りなく声をかけた。

「矢島さん、この前はどうも」

彼女は驚いて振り向くと、その表情のまま頭を下げた。何か言いたげであることを直感した。

私は意外なほど冷静に尋ねることができた。

「失礼ですが、どうかされましたか？」

その時、店員が彼女にキャンセルを確認した。

私は二千円を差し出した。

「良かったらどうぞ」

彼女は顔を赤らめて早口で話した。

「実は、財布とスマホをオフィスのロッカーに忘れてきたので、困っているところでした。千円で結構です。会社に取りに戻って、すぐにお返しします。ありがとうございます」

そう言うと、私の手から千円札を取って店員に差し出した。

お釣りを受け取った彼女は冷静を取り戻し、

「すみませんが、この辺りでお待ちください。すぐに戻りますから」と言って立ち去ろうとした。

「いいですよ、そんなこと。この前のブラウスの洗濯代と思って受け取ってください。ずっと気にしていたので、これでスッキリしました」

彼女は「そんな……」と言いかけたが、私は「失礼！」と言うと、彼女に追いつかれないように足早にエスカレーターに向かった。

あれから胸にわだかまっていたものが消えるように感じた。一方、これだけの会話で終わらせたことへの後悔を感じた。しかし、それは無駄な後悔にすぎないことを即座に自覚した。

マンションに戻り、シーリングライトのスイッチを押すとリビングルームが現れ、いつもの一人だけの夜が始まった。

数日後、惰性のごとく朝食を済ませ、ソファに座って新聞をめくっていくと、近くにある博物館で著名な画家の展覧会が開催されている記事が眼に入った。趣味と言えるものでもないが、私は絵画を鑑賞するのが好みだった。

今日はこれで時間を食い潰すことができる。

私は時間をこの様に表現することしかできないことに、悲哀と同時に後ろめたさを感じた。何か目的を持って生きがいというべきものに身を委ねたく思うのだが、人間とその社会に対する猜疑心というべきものがそれを許さなかった。だが、それは少なからず言い訳の類があり、実際は何かにつけて怠惰なだけなのだ。

それが空虚を増幅させていることは自覚している。若い頃から継続出来るような趣味を持っていないことがそれに輪をかけていた。

ブルーのシャツにツイードのブレザーを引っ掛けてマンションを出た。私の好みの秋だけが寄り添ってくれた。

博物館で入場券を買おうとすると、少しばかりの行列が出来ていた。今日は土曜日であることに気付くと納得した。仕方なく行列の最後尾についた。

しばらく並んでいると、背後から「おはようございます」という声がした。

いつものように、私に対してでは無いだろうと思い気には留めなかった。

しかし、もう一度、先程よりは多少大きく、「おはようございます」と言う女性の声を耳にした。

思わず振り向くと、矢島和子がいた。

私はさすがに動転し、年甲斐も無く胸が激しく鼓動を打った。

「おはようございます。何と言う奇遇ですかねえ。びっくりしましたよ」

「この前はありがとうございました。本当に助かりました」と言って、彼女は頭を下げた。

私は「とんでもない」と言うのがやっとのことだった。胸の鼓動は依然として完全には治まっていなかった。

彼女は笑みを浮かべながら尋ねた。

「絵画はお好きなんですか？」

「描くことは無いんですが、観るのが好きで」

「そうなんですか。私も同じです」

彼女は私の横に来た。

私に巣くうウイット癖が口を開かせた。

「僕は子供の頃、ライオンの絵を描いて、級友からネズミかと本気で言われました。それ以来、自ら進んで描くのを止めました」

彼女は微笑みの中で、声を出すのを必死に抑えようとした。

ところが、私達の前の人達から微かな笑い声が聞こえた。

私が大きく咳払いするとぴたりと止んだ。

この様子に、彼女は声を抑えきれなくなって、ついに声を漏らして笑い出した。

「失敬な、許さないですよ」

彼女は「ごめんなさい」と言って、微笑みを向けた。

何という安らぎを得たのだろうか。ここ数年無かったことだ。私は幼児が覚えるような純粋な歓喜に浸った。

これまでの彼女には、生真面目で融通に欠け、気が強そうで冷たく、ユーモアを解せないような堅物の女性という印象があった。

その仮面を外した矢島和子がここにいた。

余韻に包まれる中で、チケット販売窓口に来ると、彼女は私よりも先に大人二枚と言って三千円を窓口に出した。

私は彼氏か友人が後から来るのだろうかと思いながら、ブレザーの内ポケットから財布を取り出した。

彼女は振り向くと、「はい、どうぞ」と言って、私に一枚差し出した。

私は予期せぬ事態に、「それは出来ないです」と受け取らなかった。

「いえ、どうか受け取ってください」

彼女はチケットをブレザーに押しつけるようにして譲らなかった。

「ここは人が多いですから、取りあえずあちらに」と言って、私は彼女をロビーへと促した。

「どういうことですか。チケットは受け取りますから、とにかく料金を受け取ってください」

私は何とか千五百円を彼女に渡そうとした。

しかし、彼女は強く拒んだ。

「この前、助けて頂いたお返しです。私の気が済まないんです。どうかお願いします」

彼女は頭を下げながら訴えた。

私はこんな所で押し問答するのもぶざまと思い、「それでは、とりあえず」と応えた。

会場に入ってからも、彼女は私の側にいた。

彼女は作品毎に丁寧に鑑賞した。素人の私でもどうかと思われるような作品にも時間を惜しまなかった。

私は気に入った作品に時間をかけて鑑賞するのが常であり、些か閉口したが、彼女に合わせて鑑賞していった。

場所柄から話を交わすことはなかったが、時折眼が合うと彼女は微笑みを見せた。

それは私の胸の中で輝いた。

会場から出ると歩を進めながら、私は尋ねた。

「どうでしたか。好みの絵はありましたか？」

彼女は「真田さんは？」と聞き返した。

私は〝真田さん〟と初めて呼ばれたことに心地よい動揺を感じた。

私はエントランスの側に喫茶室があるのに気付き、拒まれることを覚悟して誘った。

「お茶でも飲みながら話しませんか」

一瞬の躊躇の後、慎重な答えが返ってきた。

「ええ、少しぐらいなら」

テーブルに着くと、すぐにウエイトレスがやってきて注文を尋ねた。

私は「カプチーノ。矢島さんは？」と言って、彼女の顔を窺った。

〝矢島さん〟と呼んでも彼女の表情は変わらなかった。わずかな落胆が胸中を走った。

彼女にとって、私は単なる顔見知りの高齢の男なのだ。ごく当然のこととして自認しなければならなかった。

彼女はウエイトレスの顔を見て、「ミルクティーをお願いします」と言うと、ウエイトレスが離れた。

「真田さんはカプチーノがお好きなんですね。あの時もカプチーノでしたよね」

「嫌いではないのは確かです。考えるのが面倒というところですかねえ」

私は彼女の顔を見つめながら話し始めた。

先程の質問だが、ただ単に綺麗なだけの絵は好きにはなれない。絵画の才能の欠片もないのに不遜なことを言うようだが。大袈裟だが、絵の中から魂の叫びを聞きたい。それに抽象画も好みではない。具体ではなく本質をというか、具体の殻を破ってその中にある本質を描いているんだろうが、複雑か単純か容易に認識しがたいような具象を色彩で装飾し、凡人には理解できまいと言わんばかりの驕りや気位の高さを感じる。レベルの低い画家に限ってそういうものを感じる。勿論、ピカソ、シャガール、ミロ、ダリという著名な画家にはそういうものを感じない。しかし、好きか嫌いかと二者択一で問われると嫌いと答える。

彼女は私の眼を見据えて語った。

「抽象画については私も同感です。私はルノアールが好きなんです。ただ単に綺麗なだけと言われるかも知れないですけど。私は単純なので」

「そんなことは無いですよ。ルノアールの絵は私も好きです。特に、『イレーヌ・カーン・ダンヴェール嬢』は好きです。あの少女の美貌と気品は、単に美しいという言葉では到底言い尽くせない何ものかがありますよ。髪の毛を描いた筆使いも見事だと思います」

「そうですよねえ。私も同感です。先程、絵の中から魂の叫びを聞きたいと言われましたけど、私は佐伯祐三の絵にそれを感じるんです。何の変哲も無いパリの街角を描いている中に、不思議と感じるんです」

私は目を輝かせた。

「そうなんですよ！　胸に迫るものを感じるでしょう。矢島さんとは好みが合いそうですね」

彼女は私の言葉を無視するように続けた。

「佐伯祐三もですけど、明治生まれの優れた洋画家の多くは夭逝しているのは本当に残念だと思うんです。ほんの数年でも描き続けていてくれていれば、欧米の画家を凌駕するような画家になったかもしれませんから」

彼女の瞳は鋭かった。

「そのとおりですよ。欧米の著名な画家たちが若い時に描いた絵よりも、夭折した日本の洋画家たちが描いた絵の方が優れているように思いますよ。矢島さんは絵に造詣が深いようですが、ご自分では描かないんですか?」

「子供の頃に象を描いて、友達にネズミと言われました。ショックを受けて、授業以外では、それから描いていません」

そう言うと、クスクスと笑い出した。

「年寄りをからかわんでくださいよ」と言いながら、私も声を出して笑い出した。

ここに二人だけの世界がある。私はそう思いたかったが。

しばし、話が続いた後、彼女はそっと顔を窓に向けた。

私はありきたりな言葉を投げざるを得なかった。

「そろそろ出ましょうか？」

彼女はこの言葉を待っていたかのように、大きくうなずいた。

私は素早く伝票を持ってレジに行き、支払いを済ませた。

「あの〜」と言う彼女に、私は「これであいこです」と微笑んだ。

「ありがとうございました。とても楽しかったです。これからちょっと用がありますので、これで失礼します」

彼女はそつなく言い訳を言って頭を下げた。

「こちらこそ、ありがとうございました」と言う私に、彼女は軽く会釈して振り向くと、エントランスに向かった。

私は後ろ姿を見つめていたが、その後ろ姿に期待は望めないことに空しさを覚えた。時計を見ると正午を過ぎていた。彼女を食事に誘えば良かったなどとは思わなかった。それは恥辱と後悔を呼ぶことが自明なのだ。

博物館の外は季節に似つかわしくない陽が注がれていた。一応、空腹を感じたので、さんちかタウンのラーメン店街に行くことにした。

そこは狭い通路の両側にカウンター形式の数店がしのぎを削るエリアであり、昼食時のため混んでいた。通路の中ほどの店に一席空いていたので腰を下ろした。店員が注文を聞いたので、わかめラーメンと応えた。最近は濃厚なトンコツラーメンなどは苦手になっていた。

さんちかタウンを出ると、明るい陽ざしに洗濯物が溜まっていることを思い出させられ、マンションに戻った。

独り身の高齢者には炊事と洗濯は楽ではなかった。独身生活の気楽さには負の報酬があるのだ。

一仕事終えると夕暮れを迎えていた。いつものゴージャスなレトルトパスタを用意した。食べ始めると、ふと、矢島和子との出会いが脳裏に浮かんだが、それ以上のことは淡い幻想にすぎないものと覚ろうと努めた。記憶の残像を消し去ろうとして、パスタを頬張った。

いつもの食後のコーヒーを味わっているとスマホが鳴った。手に取ると三島からだった。

「おい、俺や。元気か独居爺さん」

「ああ、元気や。ゴボウ力士。どっかの相撲部屋に入門できたんか？」

「ハッハッハ！」と三島は上機嫌だった。

「ところで、真田、石田がまた三人でバカ話でもやろうと言うてきたんやけどなあ、どうや？」

私はこの前の会食からあまり日がたっていないこともあって、「かまわんけど」と素っ気なく返した。

「来週の火曜日やねんけど、空いてるか。勿論、空いてるやろ？」と、三島はクスクス笑いながら尋ねた。

「火曜日か。悪いけど、その日は美人の若い彼女とデートの約束があってなあ、都合が悪いんや」

私は未練がましくも、それが現実であってほしいと思った。

「そうか、残念やなあ、と言うたらええんやろけど。しょうもないこと言うなよ！

笑うことも出来ひんやん。ほんなら十一時に、前みたいにＪＲ三ノ宮駅の中央コンコースでな」

私が「残念ながら了解！」と言うと、三島は笑いをこぼしながらスマホを切った。やれやれまたかと、私は深いため息をついた。しかし、誘いがあるだけでもましだと思うように自分に言い聞かせた。

火曜日の朝、嫌々ながらと言うほどではないが、義理に押されてマンションを出た。外では秋の心地よい陽とそよ風が私を迎え、それだけで心を酔わせてくれた。ワイシャツにブレザーを引っかけて、うろうろできる季節の中にいることは、侘しい今の私には至福でさえあると言ってよかったのだ。

待ち合わせ場所に行くと、三島が笑顔で近づいてきた。

三島一人だったので、「石田は？」と尋ねた。

「今、トイレに行ってる。トイレに行く間隔が短くなったらしい。俺もやけど。年には勝てんよ」と三島が苦笑いした。

そこに石田が戻ってきて、笑顔を見せた。

「すまん。今日はどこに行く？」と二人の顔を見た。

「この前は、ちょっと贅沢したから、今日はどこかの居酒屋ぐらいで安上がりにしょうや」と三島が提案した。

「この時間に居酒屋は開店してるんか」と石田が尋ねた。

「任しとけ。生田神社の南になんぼでもある。真田、ええやろ」と三島が私に顔を向けた。

私は悪戯っぽく聞いた。

「ちゃんこ鍋もあるんか」

三島は笑みを見せて応えた。

「そうや！　と言いたいとこやけど、残念ながらないよ」

「俺は何でもええけど」と、石田にすれば二人の不可解と思える会話を気にしながら、ありきたりに応えた。

私は石田に「ちゃんこ鍋には永い話があってなあ」と言うと、三島は「しょうもない話はええよ」と私の顔を笑顔で見た。

しばらく歩くと、「ここや」と三島が引戸を開けた。途端に威勢の良い声が響いた。感じの悪い店では無く、カウンターとテーブルで三十席程度あった。昼前だけに客はまばらだった。

三人がテーブル席に着くと、店員が注文を聞きに来た。

「適当に好きなものを注文して、ワケワケしたらええやん」と三島は言って、二人の顔を窺った。二人は軽くうなずいて同意した。

私は三島の顔を見て言った。

「しかし、ワケワケするて、子供みたいな言い方やなあ。若者達はシェアするとか言うんやろ」

「話が通じたら、どうでもええやん」と、三島は笑みを見せた。

店員は「取り皿三つお持ちします」とぶっきらぼうに言った。

取りあえず、生ビール三つ注文した。

「まあ、乾杯しょうや」と三島が声をかけると、グラスジョッキが軽く音を立てた。

一口が喉に通ると、三人の顔がほころんだ。

三人が思い思いに注文し、枝豆・焼鳥・焼きそば・おでんがテーブルに並んだ。

ジョッキを口にしながら、石田が口を開いた。

「別に気にしてるわけやないけど、同期のほかの連中はどうしてるんかなあ」

「気にしてへんと言うけど、そういう石田は気にしてるやないか。俺はあんまり興味がないよ。薄汚い奴や気に食わん奴もいたしなあ。そんな奴に限って出世したけど」

と私は顔をしかめて言うと、焼鳥に手を伸ばした。

「それは真田の人の好みの問題もあるで。人嫌いが激しいからなあ真田は」と言うと、三島は生ビールをあおった。

石田は渋い顔をして話した。

「確かに、真田が言うように薄汚い奴や気に食わん奴も少なからずおったよ。重役連中に話すのを聞いていて、こっちの方が恥ずかしなるようなお世辞を言う奴がいた。そんな奴が出世するんやからなあ」

即座に三島が応じた。

「ここの三人とはタイプが違う人間や。そんなお世辞が言えるというのんも才能かもしれんで。しかし、それだけで出世したと思いたない。利潤を追求するしかない会社組織の中で、何か別のもんがあったんやろ。そやないと会社がもたんで」

私はジョッキを口に運びながら言った。

「そうかもしれん。しかし、腹立たしいのは、地道に仕事をして能力も実績もあるのに、報われなかった社員が少なからずいたことや。ろくな能力も無いくせに社長の腰巾着になって、他人の批判だけがうまい奴が結局、重役になったやないか。前の社長も人を見る眼が無かったということや。世の中そういうもんかもしれん。能力がある高潔な人物の全てが報われるんやったら、会社も世の中ももっと良うなってる！」

三島は私に顔を向けた。

「又々、真田節を聞いたなあ」

私はかまわず話を続けた。

「世の中、確かに色々あるけど、ほんのちょっとのことが、結果的には大きな差が生まれることに結びつくんやろなあ。僅かなことが出世を決めてしもうて、人生を翻弄しさえするんや」

三島は反論するように言った。

「真田らしい言い方やけど、しかし、それだけで人生が左右されるもんではないやろ。出世だけが幸せなんやと言えるほど人生は単純やない。そう思いたいよ」

「もちろんそうと思う。俺はねえ、その結果に至るまでに公正を欠くことが多いから腹立たしいんや」

おでんを口にしながら聞いていた石田が口を挟んだ。

「出世がどうのこうのということがあるけど、まあ、人と比べる必要はないんや。負け惜しみと言われるかもしれんけど、人は人、俺は俺や」

私はすまし顔で言い放った。

「それはそうやなあ。俺はクラーク・ゲイブルみたいになれんけど、クラーク・ゲイブルは俺みたいにはなれんというようなもんやろ」

一瞬、二人は顔を見合わせると声を出して笑い出した。

「よう言うたよ、真田。そういうこっちゃ」と三島は笑みを湛えて言った。

石田は笑みを消して語り出した。

「さっき、真田が言うたけど、ほんのちょっとのことで昇進が遅れたりする奴がおったなあ。遅れるどころか、昇進出来ひん奴もいた。誰でも社会的欲求があるから、十人いたとして、一番や二番にならんでもええけど九番や十番にはなりたないと思うんが正直なとこやろ。俺は七番か八番ぐらいやったように思う。俺は可も無し不可も無しということかなあ」

「そやけど、退職してみたら、そんなことは大した問題やないと思ったよ」と私が応じた。

「それは真田が三番か四番ぐらいの上位におったから言えることなんや。二人とはちがうとこや」と、三島は顔をしかめた。

私は言い切った。

「いいや、そうやない。出世頭の奴に比べたら俺達の退職金はちょっと少ないけど、それだけのことやないか。退職したら、元社長や元重役が何やねん、何ほどのもんやねん。肩書なんか会社という組織内でしか通用せんもんや。退職したら皆ただのジジイやないか。昔の権威や肩書、財産なんかで人間の値打ちが決まるもんとちゃうぞ！」

「それは真田の負け惜しみやないと思う。確かにそうかもしれん」と三島はうなずいた。

　石田は顔を曇らせて言った。

「ところでなあ、最近、俺はこれからどう生きていったらええんか悩んどるんや」

　その表情を見て、私が口を開いた。

「お前にも三島にも子も孫もおるやないか。俺とは全然境遇が違う。孫の成長が楽しみなんとちがうんか？」

　石田はしんみりとした口調で話した。

「お前には悪いけど、それは多少ある。けど、このままやったら、死を待っているだけの無意味な時間が過ぎていくだけのように思うてなあ。現役時代は仕事が生きがいみたいに錯覚してたんかなあ。そやから、退職後に得も知れん喪失感に陥ったんやろ」

　私は満を持したように語りだした。

　自分達の世代はみんな多少なりともそういうところがある。がむしゃらに仕事したがその報酬は何だったのか疑問に思うことがある。今更大きなことを望まない。望まれないと言う方が合っている。体力をできるだけ現状維持して、泣いたり笑ったりしながら一日一日が過ぎていけばいいと思ってる。泣いたり泣いたりかもしれないが。時には、人目を忍んで笑みを漏らすこともあるかもわからない。そう思わないとやりきれない。しかし、そうこうしているうちに、やがてあの世に逝く。それ以上何があると言うのだ。

私はこう言って石田の顔を見ると、石田は諦観したようにうなずいた。

三島が顔を引き締めて言ってのけた。

「所詮、人生は食うて出して寝るだけのことなんかもしれん。突き詰めて言うとなあ」

私は真顔で応えた。

「おいおい、俺はそこまで言うつもりはないで。そやけど、三島の言うたことは究極的には間違いやとは言われへん」

石田が焼きそばをほおばりながら口を挟んだ。

「二人とも、もう止めろや。この前とは違うて、今日はバカ話で気を紛らわすんやなかったんか？」

私は茶化すように言った。

「何を言うんや、石田。これからどう生きるか悩むと言い出したんはお前やないか。

売れへん芸人が悩んでるみたいな顔して」

石田は笑みを見せながら返した。

「ほらまた、真田の口の悪さが出たど」

三島は笑みを漏らすことなく憂鬱そうに話した。

「いつも、俺はほんまに何もしてへん。新聞を読んでテレビを見てたら一日が過ぎていくんや。容赦ない時間の経過に空しさというよりも恐怖さえ感じることがあるんや」

「前にも言うたけど、俺は旧居留地周辺を時々ウォーキングしてる。散歩は気が紛れるで。そやけど、それだけではあかんと思ってるんや。何か生きがいを感じることをせんとあかん。今の俺は三島と大して変わらんよ」

「俺も同じもんや。真田は小綺麗な町に住んでるから、同じ場所を散歩しても飽きひんやろ」と石田は私に顔を向けた。

「まあな。コーヒーの美味いカフェもあるしなあ」

「お前は独り身やし子供もおらんから退職の時には貯蓄も多かったんやろ。それで便利で小綺麗な場所のマンションが買えたんや。資産価値も高いよ。一人で気楽に暮らしてるお前が羨ましいよ」と石田はしみじみと言った。

「ええことばっかりやない。将来を考えたら、不安になることがある。俺は家族に恵まれたお前らが羨ましいよ」

　三島は諦念しているように語った。

「不満や不安が全然無い生活なんてまず無いやろ。実は、俺の二男は四十半ばやけど独身でなあ。結婚する気はないらしく、気楽な独身生活を謳歌しとる。真田に嫌味を言うわけやないけど、いずれ老後の孤独という厳しい代償が待っているかもしれんのになあ。親としては心配なんやが、どうしようもないよ」

　三島の話を耳にして、私の胸にふと矢島和子の面影が過った。彼女も同じような境遇を辿るのかもしれないという単純な想像のうちに、彼女への愛おしさが湧くのを覚えた。

　三島は眼を下げて言った。

「真田がさっき言うたように、泣いたり笑うたりしながら、そのうち死んでいく。誰でも一人で死んでいくんや。まあ、誰でも大した差はないんかもしれんなあ」

「また惨めたらしい話になったやないか。景気づけにもう一杯生ビール注文するぞ」

と言うと、石田は店員を呼んだ。

「生ビール三つと肉ジャガと野菜炒め、それに刺身の盛り合わせ。お前らほかに何かいるか」

私は「それで充分や。三島はどうや」と三島の顔を窺うと、「それで結構」と応えた。

「しかし、ジジイ三人の話となると、こういうもんなんかなあ。病気の話が出んだけましか。それはこの次に取っておくか」と石田は笑みを見せた。

居酒屋を出ると、私が口を開いた。

「コーヒーを飲みに行かへんか。俺は食後にコーヒーを飲まんと、どうも気がすまんのや。コーヒー中毒みたいなもんや。ＪＲ三ノ宮駅の北側のコーヒーショップに行こうや」

「分かったよ、コーヒー中毒に付き合ったるよ。なあ！」と三島は石田に顔を向けた。

「了解」と石田は敬礼した。

私は悪戯っぽく聞いた。

「また、『冷コー』でも飲むんか」

「そんなもん飲むかいな。もうすぐ冬やけど『冷やしコーヒー』に決まってるやんか」と石田はおどけて言った。

三人に笑みがこぼれた。今日は悪くない日になった。

マンションに帰ると、五時を少し回ったころだった。夕食のことが頭を過ったが、今日二度目の外食はうんざりと思い、値引き商品が出る頃を見計らってデパ地下に総菜を買いに行くことにした。それまで、久し振りに好みのブラームスを聴くことにした。交響曲第一番は、いつ聴いても私を陶酔の世界に誘った。いつもながら冒頭のティンパニーの雄叫びは爽快だ。

七時前にマンションを出てデパ地下に行くと、私と同じように狙いを定めたと思われるご同類が多くいた。最近は、この近辺に多くの高層マンションが建ち、住民が増えたようだ。

私が刺身と寿司の売場の前で佇んでいると、声が耳に触れた。

「もう少し待てば値引きシールを貼りに来ますよ」

お節介なオバチャンが言ったのだろうと無視した。

すぐに、「真田さん」と声をかけられた。

思わず振り向くと、矢島和子が微笑みを見せていた。

「ああ、矢島さんやったんですか！　びっくりしましたよ。また、こんなところで会うなんて。私は自宅から近いので、時々来るんです」

「私も帰宅前にちょくちょく来るんです。真田さんと同じ目的で。一人暮らしなので、帰宅してから料理をするのが億劫な時があるんです。値引き商品ばかり買うこともあって、ちょっと恥ずかしい時もあるんですけど」

私はすでに覚っていたものの、彼女自身の口から一人暮らしということを耳にして、愚かにも胸の動悸を覚えた。

「恥ずかしいことはないですよ。相手が値段を下げたものを買うだけなんですから。万引きのような悪いことをするのは恥ずかしいことですけど」

彼女は笑みの中で大きくうなずいた。

その笑みが、私を恥知らずに陥れた。

「矢島さんも夕食がまだのようだし、もしよかったら、近くのレストランで食事を付き合ってくれませんか？」

唇が震えていた。その途端、馬鹿なことを言ってしまったという後悔が顔を硬直させた。

「ええ、良いですよ」

私は全く期待できそうになかった答えに耳を疑い呆然とした。

「どこにしますか？」と、彼女は微笑んだ。

この声で私は我に返った。

唇の震えを抑えて口を開いた。

「神戸市役所の裏手にあるデミグラスソースの美味いレストランはどうですか。少し歩かないといけないけど」

「私、そこに行ったことがあります。少し前ですけど、職場から近いので女子会をしたことがあります。かなり老舗のレストランですよね」

彼女の笑みは輝きを見せた。

「そうですね。この直ぐ近くに、異人館をそのまま活かしたレストランがあるんですけど、夜は予約をしていないと無理だと思うので」

「あのレストランで良いですよ。ただし、ワリカンで」

この時は真顔を見せた。

デパ地下を出ると、夕暮れの旧居留地を東に向かって歩きだした。

私は歩きながら言葉を模索していたが、彼女は無言でいることに苦痛を感じたように口を開いた。

「夜の旧居留地も良いですね。人がまばらなのも快適です」

「確かにねえ。大都会のひしめくような雑踏は苦手でねえ」

彼女は「私も」と返すと、私に目を向けた。まぶしく感じた。

レストランに着くとドアを開け、エントランスから下のフロアーに下りた。

すぐにウエイトレスが近づいてきた。

「あちらの奥の壁際のテーブルしか空いていませんが、よろしかったらどうぞ」

私が彼女の顔を窺うと、彼女は笑みを見せて軽くうなずいた。

テーブルに着くと、彼女は微笑みを湛えて言った。

「エントランスの下にフロアーがあるなんて珍しいですよねえ。エントランスのガラス窓から街の灯が降りてきて感じが良いですよ」

「時々ランチを食べに来ることがあるんですが、夜は滅多に来ません」

「こんなところでランチなんてセレブですね」

「いえ、ランチはリーズナブルな料金なんでねえ。年金生活の高齢者が来れるんですから。私は高級なレストランは知らないんです」

「でも、何をもって高級と言うんでしょうね。料金が高いだけの嫌なレストランだってありますよ。ここは、雰囲気といい味といい高級だと思いますよ」

彼女の外見からは予想し難い、気取りのない言葉が私を魅了した。

すぐに、ウエイトレスがメニューを持ってやって来て、注文が決まれば伺いますと言って離れていった。

彼女はメニューをしばらく見て、ハンバーグセットにすると言った。私はウエイトレスを呼ぶと、ハンバーグセットを二つと告げた。「先にスープをお持ちしますが、パンとごはんのどちらにされますか」とウエイトレスが尋ねた。

彼女は「私、ごはんでお願いします」と即座に答えた。私は彼女がてっきりパンにすると思っていたので意外に思った。私もごはんにした。

ウエイトレスが立ち去ると、私は若い女性と同じテーブルに居ることの気恥ずかしさに耐えられず口を開いた。

無難な問い掛けをした。

「仕事はどうですか。銀行だから厳しいんでしょう?」

「そうですね。でも、今は銀行だけでなく、どこでも厳しいと思いますよ」

「それでも、銀行は給料が高いから良いですよ。私もサラリーマンでしたけど、銀行員とは大きな差がありましたよ」

「そうかも知れないですけど、若い時はお金の勘定ばかりで仕事は全く面白くありませんでした。今は投資信託などを扱っていますから、まだましなんですけど」

私は笑みを浮かべて言った。

「そうなんですか。無知な高齢者を騙すのも面白いでしょう」

「本当に面白いですよ。この前もこの近くに住む一人暮らしの高齢者の方を騙しました」と言うと、彼女は小声で笑い出した。

嫌味にも思える言葉に対して即時に、ウイットに富んだ言葉で返したのだ。博物館のときもそうだったが、ユーモアを解する柔和な心を持つ女性であることを改めて覚った。

「矢島さんには負けましたよ、まったく。技あり一本です。この次は騙されませんよ」と言って私も微笑んだ。

そこに、スープが運ばれてきた。

彼女は巧みなスプーン使いでスープを口に運んだ。

私は音を立てることを恐れながら、ゆっくりとスープを口に入れた。まるでそれを見透かしたように彼女は言った。

「スプーンなんて使わずに、容器に直接口を付けてコーヒーを飲むように飲みたいですよねえ」

その言葉が私を咳き込ませた。

「大丈夫ですか。私は家ではそうしています」と彼女は微笑んだ。

私は咳き込みが治まらない中でも癒やされた。

しばらくして、ハンバーグとごはんが運ばれてきた。ハンバーグにはタップリとデミグラスソースがかかり、側にトマトとマッシュドポテトが添えられていた。

「美味しそう！」と彼女は顔をほころばせた。

彼女はハンバーグをナイフとフォークで手頃に切って口に入れた。

私はそのさりげない所作の中に謙虚な優雅を見出した。

「さすがに、こくがあるというか風味があるというか美味しいですね。久し振りなので余計に感じます。さすがに老舗レストランですねえ」と言って私の顔を見た。

私はナイフとフォークを動かしながら言った。

「ここに誘ってよかったです」

彼女はほおばりながら尋ねた。

「真田さんは魚より肉がお好きなんですか？」

「最近は、家ではあまり魚を食べてないですねえ。魚の惣菜は味が気になって、というか味を思い浮かべられなくて買うのに迷います。それに、鮮魚を買って調理するのは簡単じゃないですよ。それに比べて肉は簡単に調理できますから。肉は塩・胡椒で味付けしてフライパンで焼くだけでもいいので。独り身には肉は便利な食材だと思います」

「ほんとに。私も同感です」

彼女は一瞬、瞳を曇らせた。

私は咄嗟に笑みを整えて尋ねた。

「矢島さんは魚料理の美味しい店をご存じないですか?」

彼女は即座に私に目を向けて応えた。

「阪急電車の三宮駅のすぐ北に小洒落た店があって、何度か行ったことがあるんです。特に高級というお店ではないですけど、美味しかったですよ。若い女性にも人気があるみたい」

ほのかに笑みをみせた。

私は安堵の中で返した。

「そうですか。また、ジジ友と行ってみます」

彼女はテーブルに眼を落とした。

「ジジ友でも一緒に行ける方が居ていいですよ」

私は言葉が出なかった。安直な慰めの言葉が不快を呼ぶことを危惧した。

食事が終わると問いかけた。

「僕はコーヒー中毒というわけではないですが、食後にはどうしてもコーヒーを飲みたくてねえ。矢島さんはどうですか」

彼女は紅茶にすると応えたので、ウエイトレスを呼んだ。

「ホットコーヒーとミルクティーを」

彼女はすぐにウエイトレスに顔を向けた。

「すみません。レモンティーにしてください」

彼女は私に悪戯っぽく微笑んだ。

ウエイトレスが去ると笑みの中で言った。

「博物館の喫茶室ではミルクティーだったのでねえ。矢島さんは人が悪い。か弱い高齢者をからかってんですか？」

「そうですよ。か弱い高齢者イジメが私のたった一つ趣味なんです。気分がスッキリします」と言うと、彼女はケラケラ笑い出した。

「すみません、悪い冗談で。食後はレモンティーと決めてるんです。レモンの味と香りでスッキリするんですよ」

私は彼女を見つめて大きくうなずいた。

ドリンクを口に運びながら、とりとめの無い会話がつづく中で、私は彼女を気遣って言った。

「そろそろ出ましょうか」

彼女は微笑みながらうなずいた。

この言葉を待っていたというような表情では無かった。

エントランスに来ると、彼女は約束どおりワリカンでと言った。

支払いを済ませると、彼女は軽く会釈した。

「楽しかったです」

「こちらこそ」と言う私に、彼女は微笑みながら、「それでは」と頭を下げた。

彼女は振り向いて、駅に向かって歩き出した。

背筋を伸ばした後ろ姿を見送った。

『それでは〝また〟』という言葉を期待できないことは自覚していた。彼女にとって、私は単なる人畜無害の顔見知りの高齢者なのだ。

マンションに帰り、ドアを開けるといつもの暗闇だけが待っていた。それでも今日という日は私を満たしていた。

シーリングライトのスイッチを押すと、リビングルームはいつもと違う輝きで満たされているように感じた。

その次の日からは、前のように変化の無い日常が歩んでいった。

数日後、いつものように味気ない朝食を終えた時、久し振りにスマホが鳴った。

三島からだった。

「俺や」と言うその声には、いつもの抑揚が無かった。

「実はなあ、真田」と、前置きもなく突然切り出した。

私は悪い予感を感じた。

「石田が亡くなったらしい」

「何！」と私は声を大にした。

三島は低い声で話し始めた。

昨日、石田の携帯に電話したが反応がなかったので、今朝もう一度電話した。しかし、やはり反応がなかった。それで固定電話にかけたところ石田の女房が出た。五日前に亡くなったことを知らされて非常に驚いた。葬儀は最近流行の家族葬とかいうもので済ましたということだった。

「死因は何やったんや」

「脳溢血やったらしい」

「そうか、ほんまにびっくりしたよ。ほんの一寸前まで元気にしてたのに、信じられへん。人間て分からんもんやなあ。良《え》え奴やったのに、はかないもんや。今となったら冥福を祈るしかないよ」

私はありきたりに応えるしかなかった。

三島は無念と悲しみを滲ませて語った。

「そやけど、ほんまに知らせて欲しかったと、つくづく思うんや。俺は石田とは現役時代から親しくしてたからなあ。故人が遺言で家族だけで葬儀をするように希望してたんやったら仕方ないけど、そうでは無かったらしいんや。俺が知らん間に、ロウソクの火が消えるように呆気なくおらんようになったと思うと残念やし、ものすごい寂しいんや。知らせて欲しかったとつくづく思う」

「残念に思うお前の気持ちはようわかるよ。親友を無くしたんやからなあ」と、私が言うと瞬時の空白の時間が流れた。

私は躊躇なく誘った。

「気晴らしに、こっちに来いよ」

「そうやなあ」と言うと一瞬無言になったが、直ぐに答えが返ってきた。

「ほんなら、十一時頃そっちに行くよ」

今日の三島には冗談で返すことは出来なかった。

小一時間ほどしてインターフォンが鳴った。

マンションの玄関に立っている三島には、いつもの精気が感じられなかった。

私が「よう！」と声をかけると、小さく頭を下げた。

「今日は寿司でも食いに行こう。阪急電車の高架下に安うて美味い店があるんや」

三島は無愛想にうなずくと、私たちは北に向かって歩き始めた。

三島は口をつぐんだまま歩いたが、気まずい静寂に包まれているという訳では無かった。

私は三島の心情を気遣って口を開かなかった。

寿司屋の暖簾をくぐり、引戸を開けると店員の威勢の良い声が飛んだ。

「カウンターでええか？」と三島に顔を向けると、「うん」と短く応えた。

腰を下ろすと、板前が声をかけた。

「飲物は？」

「まずは、瓶ビール一本とグラス二つ」

三島は黙ってうなずいた。

瓶ビールとグラスが来ると、私はビールをグラスに注ぎ、一つを三島の前に置いた。

グラスを軽く合わせると二人は一口飲んだ。いつもの味ではなかった。

板前が威勢良く聞いた。

「何にしましょう？」

私は無愛想に応えた。

「マグロとイカとエビ」

選ぶのが億劫なのか、三島は私と同じものを注文した。

板前は威勢良く返事して握り始めた。

黙っている三島に私が口を開いた。

「石田は急なことやったなあ。俺も驚いたけど、お前は俺の比やなかったと思う。近頃のご時世からしたら、七十前は未だ若い方やからなあ」

三島はしんみりと呟くように言った。

「ほんまにそうや。まさか、あんな急に逝ってしまうとは思わんかった。悪い奴ではなかった。ひょうきんなところもあったしなあ」

「それは二回の会食で充分に分かったよ」

「彼奴の奥さんの話では、風呂を出て脱衣場で倒れたらしい。呆気ないもんでしたと声をふるわせて言うたよ。涙ぐんでたみたいやった」

三島はうなだれた。

私はグラスをとって口にした。

「明日は我が身かもしれんなあ。そやけど、せめて平均寿命ぐらいまではなあ。しかも、それまで健康でおりたいけど」

三島は無言で大きく首を縦に振った。

箸は進んでいなかった。

その三島に顔を向けて、私は語りかけた。

家族葬とかいうものが最近多い。一般的には、家族・親戚・故人の親しい友人が参列する小規模の葬儀を家族葬というようだ。三島の話からすれば、石田のご遺族は家族・親戚だけに限定した葬儀をしたのだろう。究極の家族葬だ。遺言にそうしたためていれば仕方ないが、そうでないのなら、親しかったお前にすれば淋しいと思うのは当然だ。

三島は憤慨のうちに顔を歪めて言った。

「お前が言うように、遺言があったら仕方ないけど、知らせてほしかったとつくづく思うよ。思い過ごしかも分からんけど、人と人の絆を拒絶されたように思ってなあ」

私は慰めるように言った。

「そやけど、それはお前に知らせると迷惑がかかると思っての気遣いかもしれんで」

三島は無念さを漂わせて返した。

「それは詭弁や。親しかったら迷惑なもんやないやろ、違うか。やっぱり最後は見送ってやりたいと思うのが友達というもんやろ。奥さんに線香の一本でもあげさせて欲しいと言うたけど、迷惑そうな口ぶりでなあ。まったく恐れ入ったよ」

私は共感を覚えて語り始めた。

三島の気持ちは十分に分かる。ご遺族が配慮して欲しかったと思う。三島が人と人の絆を拒絶されたように思うと言ったことは理解できる。家族・親戚に限定するということは、血縁を重視することだ。しかし、その血縁を生んだのは、元々赤の他人の男と女が夫婦になって子供をもうけたからだ。換言すれば、他人と他人の絆が家族を親戚を形成していくのだ。

聞いていた三島はすぐに大きくうなずいて語り始めた。

本当にそのとおりだ。親子は血族関係一親等、兄弟姉妹は二親等。しかし、夫婦には親等がない。元は赤の他人だった男女が結ばれた夫婦は親等以上の高い次元の関係と考えられるのだ。夫婦は他人と言うのは問題がある。親友もそうだ。血族関係を超越した兄弟のような親友がいても不思議でない。実際、そういう間柄はあるはずだ。人と人の絆を否定して社会は成り立っていくのか。色々な事情があってのことと思うが、残念で仕方がない。石田の女房を恨むわけではないが。

三島は憤怒の鋭い眼差しで空を射った。

私は目を据えて言った。

「もしも、お前が死んだら、俺には知らせるように奥さんに言うといてくれよ」

三島は私の顔を見つめた。

「そんなこと言うな。俺はお前より長生きしてやる。そうせんと、お前が孤独死で発見されても、誰がお前の後始末するんや。今となっては俺ぐらいしかおらん」

「おいおい、俺は死んだ後のことには興味ないで。孤独死のまま放っとかれてもしゃあないと思ってるんや」

「アホ、世間に迷惑かけてどないすんねん。心配すんな」

「この話はこれまで！　これ以上色々考えると今晩寝れんようになる」

今日は軽口を言う気分になれなかった。

口の中に居座る寿司をビールで喉に流し込んだ。

寿司屋を出ると、冷たく霧のような雨が二人を迎えた。その雨にかまわず、三島は嫌にしんみりと言った。

「悪いけど、今日はこれで帰るよ。お前と会《お》うて一寸は気が晴れた。石田には、世の中は無常が当たり前なんやと言うことを嫌と言うほど知らされた。真田、お互いに気をつけんとなあ」

私は精一杯の笑みを作って言った。

「お前らしないこと言うな。元気出せ、ゴボウ力士！」

「その内、サツマイモ力士になったるで！」三島はやっと笑みを浮かべた。

「その調子やで、三島。ほんならな。元気でおれよ」

三島は会釈して背を見せると歩き始めた。

それを見送る私の胸を氷雨が濡らした。

マンションに帰るのも早過ぎると思うとともに、この胸を少しは温めたいと思い、オープンカフェでカプチーノを飲むことにした。

こぬか雨に濡れながら歩いていくと、オープンカフェは空いていて、道路から少し離れた庇の下のテーブルに着いた。

一口飲むとほのかな安らぎを覚えた。

カップをテーブルに置いた途端、「真田さん」と言う声が耳に入った。

振り向くと矢島和子が立っていた。

さすがに驚いたが、抑えきれない笑みをこぼした。

「ビックリしましたよ。またお会いしましたね」

「ご一緒していいですか？」

未練がましくも、断る勇気は無かった。

私の了解を待つことなく、彼女は私の前の椅子に腰を下ろした。

ウエイトレスが来ると迷うことなく、ミルクティーを注文した。

「どうしたんですか、こんな時間に。仕事中ではないんですか」

私の問いに彼女はゆるやかに顔を上げ、この問いを望んでいたかのように口を開いた。

「こんなことを真田さんに言うのはどうかと思いますが、話す相手が居なくて……」

「良いですよ。聞きますよ。差し支えなければね。口に出すだけでスッキリすることもありますよ。私は人から聞いた話を吹聴したりしませんよ。第一、そんな相手もないし」

ミルクティーが来ると、彼女は一口飲んで語り出した。

昨日、仕事のミスで、同僚の前で上司に叱責されたとのことだった。その上司とは普段からそりが合わず、人間関係に悩んでいたらしい。昨日は、初めてのミスで謝罪したにも拘わらず、日頃のうっぷんを晴らすかのように、特に激しく罵倒されたらしい。

「仕事上のミスなら、叱責されても仕方ないけど、矢島さんが謝罪したんやったら、上司はそれで良しとすべきでしょう。特に、最初のミスならね。外国では、一度目のミスは経験、二度目はペナルティーと言われるみたいですよ。ビジネスにはそれだけ厳しさが求められるんでしょう。とにかく、上司の暴言は忘れる以外にないですよ。退職しないで今の職場で仕事するならね」

慰めの言葉を期待したと思われる彼女は、私を鋭く見つめた。私はさらに続けた。

社会に出て働くということは、意地の悪い人間や卑劣な人間がいる世界に飛び込むということだ。親切で善良で高潔な人物だけがいる会社など聞いたこともない。そんな会社は無いということを覚悟すべきなのだ。退職して別の会社に就職しても、今とは大差無いと思う。何処にでも、意地の悪い人間や卑劣な人間は必ずと言っていいほどいるのだ。その上司の言うことをまともに取らずに、出来るだけ無視することだ。まともに受けて沈んだり悩んだりすると、そこにつけ込んで余計にあくどい言動をぶつけてくると思う。出来るだけ毅然として無視することだ。

聞いていた彼女は、唖然として私の顔を見つめた。

私は彼女が笑みを浮かべることを期待して言った。

「反論したり報復するよりも、効き目があるかも知れない。カエルの面に水とか何とか言うでしょ」

「下世話では『水』ではなく、別の言い方をしますよねえ」と、彼女は笑みの中で頬を赤めながら言った。

今日初めての微笑みだった。

私は顔を崩した。

「ええ！　気を遣ったのに、ハッキリ言うねえ」

彼女は「アハハ！」と恥ずかしそうに笑ったが、直ぐに真顔になって話した。

「安易な慰めでは無く、醜い現実を率直に言って貰って何だかスッキリしました。そうですよねえ。良い人だけがいる会社なんて無いですよねえ」

「人間を期待し過ぎてはいけないと思ってるんです。勿論、良い人は少なくないと思いますけどね。私も現役時代に、裏切られたり、嫌な思いをさせられたり、侮辱されたなんてことは幾らでもありましたよ」

彼女は大きくうなずいた。

その彼女に私は笑みを贈って言った。

「この僕も意地悪で大ウソつきのタヌキジジイかもしれないですよ。善人ぶっているだけかもしれないよ」

「そうですよねえ。騙されないように充分に気を付けます」と言うと、彼女は声を出して笑い出した。私はさわやかな風を頬に感じた。

二人はカップに手を伸ばして口に運んだ。

彼女は私を見つめながら話した。

「真田さん、本当にスッキリしました。ありがとうございました。実は、こういうことを言える友達らしい友達が居なくて。人間嫌いということもないんですが、友人や知人に恵まれなくて。ここに来れば、もしかしたら真田さんに会えるかも知れないと思ったんです。真田さんには迷惑なことかもしれませんが」

私はこの言葉を受け入れることをためらったが、彼女の表情が眼に入ってくると、私の中の安らぎが更なるものに昇華していくのを感じざるを得なかった。

私は静かに高まる昂揚を実感した。

「こんなタヌキジジイでよかったら、これからも何でも聞きますよ。嫌なことや悩みを口から吐き出すと気分がスッキリすることがありますよ。誰だって」

こう言う私を見つめながら、彼女は笑みをたたえたままゆっくりとうなずいた。

私は彼女の瞳に誘いかけた。

「少しはスッキリしたところでケーキでもどうですか？」

彼女は嬉々として応えた。

「私も同じことを思っていたんですよ」

「ここでケーキを食べたことが無いんですよ。食べてみたいとは思ったことはあるんですが、ジジイ一人ではと思ってねえ。何にするかは任せますよ」

彼女はうなずくと、ウエイトレスを呼び、アップルパイを二つ注文した。

「元々アップルパイはそんなに甘いものじゃあないですけど、ここのものは程よい甘さで気に入ってるんです。スイーツが苦手という人にも口に合うと思いますよ」

彼女はワリカンでとは言わなかった。

アップルパイが届くと、彼女は私に微笑みながら口に運んだ。

私は久し振りにアップルパイを口にしたが、彼女の微笑みが私の味覚を奪った。

時間の流れを意識できない中で、こぬか雨は消えていた。

「そろそろ出ましょうか。ケーキを誘ったんは僕やから、今日は僕に」

「それじゃあ、遠慮無く」と言って、彼女は笑みを見せた。

この今、これまでの装飾された儀礼は拭われていた。

オープンカフェの前の交差点に立つと、彼女は軽く会釈して言った。

「ありがとうございました。本当に心が軽くなりました。今日のところはこれで。また」

「それじゃあ、また」と言う私に、彼女は微笑みを残して、交差点を越えてトアロードを北に向かって歩き出した。

彼女が言ってくれた『また』は、私の胸の高まりを増幅させた。

私はその中で彼女の後ろ姿を見送ると、マンションに向かって足を進めた。

途端に、電話番号とメールアドレスを聞かなかったことを後悔した。

マンションに戻ると夕食のことが頭を過った。今更、デパ地下に行くのも面倒と思い、いつもどおり買い置きのレトルト冷凍食品で済ませることとした。

今日は心が躍り、途切れなく口に運ぶことができた。

第三章

翌日、私は三島のことが気がかりになり、スマホに電話した。すぐに三島は出た。

「真田や。お前、昨日は落ち込んでたけど大丈夫か」

「大丈夫や」と素っ気なかった。

「そうか。石田のことは今更仕方ないで」

三島は沈んだ声で応えた。

「うん。わかってるつもりでも、石田の死が現実に起こるとやっぱりショックや。それに、このギスギスした世の中はどうかと思うんや。この世の風潮に不安を感じたんや」

「まあ、なるようにしかならんよ。俺達で世の中の風潮は変えれるもんでも無いやん」

「そやけど、今日のお前の声は何とのう明るいなあ。何かええことあったんか？」

私は一瞬狼狽した。

「あるわけがないやろ。生きとったら、ひょっとしてええこともあるかもしれんと、やけくそ気味に思ってるだけや」

そうは言ったものの、後ろめたささを感じた。

「そうか。まあ、ええこともあるかもしれんことを期待するか、俺も。ほんならな」

三島は唐突にスマホを切った。冷淡なものを感じた。

私のご機嫌伺いが迷惑であるかのごとき応対ぶりだった。

三島は『また会おう』とも言わず、私の三島への気遣いについても何もふれずに、一方的にスマホを切ったのだ。今まで三島が私に気遣っていろいろ言ってくれたことは何だったのだ。酒の席の戯れごとだったのか。三島が暇つぶしのために、都合の良いように私をあしらっていたのだろうか。

三島が親友だとまで言えないが、最近、会食するようになって顔見知りや知り合い以上の親しみは感じていた。三島も同様ではなかったのだろうか。

懐疑が渦巻く一方で、三島を信じていたかった。知人と言える存在は彼だけなのだ。寂寥の霧が私の胸に充満した。

その日の夕刻、スマホが鳴った。不審を持ったが、一応、スマホに出た。

「矢島です。昨日はありがとうございました」

その声が私の耳をたたいた。胸は硬直し声を失った。

「楽しい思いをしました。今、仕事が終了したのでお電話したんです。お邪魔ですか?」

明るい声が耳に入ると我に返った。

「とんでもない。僕も昨日は楽しかったです。矢島さんから電話をもらうなんて、びっくりしましたよ」

そう応える胸の鼓動が、彼女に聞こえはしないだろうかという不安さえも抱いた。

「どうして僕の連絡先を?」

「この間、投資信託購入の時に申込用紙に記入してもらいましたよ」

「ああ、そうやったねえ。まったく、僕はバカやねえ」

「そのとおりですよ。気を付けないと」

彼女は茶化して応え、同時に微かな笑い声が聞こえた。

「高齢者をからかうもんじゃないですよ！」と返すと、今度は大きな笑い声が聞こえた。

胸の昂揚が体裁の壁を打ち砕き、意を決して唇を震わせながら言った。

「今度の君の休日に散歩に付き合ってもらえないかなあ」

期待どおりの言葉が得られないだろうという不安が、私に散歩としか表現させなかったのだ。

「散歩？」と抑揚のない声が耳に入った。

途端に、私の唐突な誘いかけにたじろぐ彼女の表情が脳裏に浮かんだ。

やはり期待できないことであり、無駄で恥知らずなことを言ってしまったという後悔が即刻胸に湧き上がった。恥じた。

僅かな沈黙の後、「良いですよ」と言う彼女の声が耳にそよいだ。

その瞬間、私の目は輝きを放ち胸は高鳴った。

続けて彼女は「私、高齢者介護のための散歩に付き合うのが得意なんです」と言って、声をあげて笑った。

この軽口が私の胸の中に一条の光をもたらせた。

「高齢者介護とは何と言うことを！　このイケメンシニアを捕まえて！」

「イケメンシニアですって？　ツケメンシニアでしょ！」

途端に、彼女は声を落として謝罪した。

「いくら冗談でも悪かったです。謝ります」

「いいですよ。僕は麺類が嫌いやないから」

彼女の微かな笑い声が耳に触れた。

「こんな冗談が言い合える女性と話すのは久し振りでねえ。気分が晴れましたよ。ところで、次の土曜日はどうですか？」

私の唇はもはや震えを忘れていた。

彼女は二つ返事で了解した。十時にＪＲ三ノ宮駅の中央改札口で待ち合わせることにした。

こみ上げる歓喜を抑えることなど到底できなかった。久しく行っていない北野異人館街辺りに思いを巡らせた。

今、年甲斐も無く、あんな約束をしてしまったことに対する後悔の苦さを私はまだ感じてはいなかった。

当日までの日々は、足は地に着かず、外食もレトルト食品も極めて美味に感じた。

その日、十時前に約束の場所に行くと、多くの人がたむろしているのが目に入った。その時、初めて不安が過った。

こんな今の私は誰かに見られているのだろうか？　彼女は本当に約束どおり来るのだろうか？　彼女は高齢の私をからかってあんなことを言ったのだろうか？　私が愚かなのか？

愚かでなくとも、人は理性とは別の何かに突き動かされて、身の破滅を招くこともあるようだ。私は正にそうなろうとしているのだろうか？　人の心はいったん動き始めると、誰にも静止できない厄介な代物なのだろうか？　懐疑と不安が胸に烈しく渦巻いた。

私が虚ろな面持ちでいるとき、そこに彼女がやって来た。

私は笑顔で迎える余裕を失っていた。

「おはようございます」という彼女の顔は屈託がなかった。そこには緊張というものを感じ取れなかった。

彼女のその表情は、まさしく気まぐれな散歩であることを私に覚らせようとしたのだろうか。そのことへの失意が顔を覗かせた。

私は何とか笑顔を整えて、「おはよう」と返した。そして、心の乱れを覚られないように問いかけた。

「北野の異人館街に歩いて行こうと思うけど、どうやろ？」

「良いですねえ。長い間行っていないし」と、彼女はかすかな笑みを見せた。

私たちは三宮の中心部を南北に走るフラワーロードを渡り、北に向かって北野坂を目指して歩き出した。

しばらくの間、言葉は出なかった。私には無意識のうちにも戸惑いと照れがあった。その沈黙を払拭するように彼女が口を開いた。

「真田さんは北野辺りが好きなんですか？」

「僕はどちらかというと海の方が好きなんやけど、異人館街の雰囲気も捨てたもんやないと思ってねえ」

「そうですねえ。久し振りなんで楽しみです」彼女は笑みを見せた。そこでまた沈黙が始まった。

土曜日でもあり、異人館街に向かう北野坂は賑わいを見せていた。その中で私たちのような二人づれは見当たらなかった。

北野坂を越えてトーマス坂に入ったとき、私が口を開いて沈黙を解かせた。

「昔、この西側に何があったか知ってる？」

「いいえ、知らないです。とんちクイズですか？」

「僕は冗談を言うのが嫌いでねえ。君も知ってるでしょ。真面目な質問ですよ」

「嘘ばっかり！」と言って、彼女は顔をくずした。

「当たったら何か貰えるんですか？」

私は、一瞬、『目には見えないけど良いもの』と言葉がでかけたが、羞恥心がそれを飲み込ませた。彼女に気付かれないように冷静を装いながら答えた。

「そうやなあ。ランチでもごちそうするよ」

「それじゃ、頑張って考えます」と彼女は笑みの中で応えた。

「う〜ん……、やっぱり見当がつかない」と私の顔を見た。

「実は、オリーブ畑が広がっていたらしいよ。神戸は気候が温暖やし、この辺りは緩やかな斜面が広がっていたから、栽培に適してたらしいよ。地中海に気候が似ているんかも知れんねえ。当時はこんなに建物がなかったし、日当たりも良かったやろから。このちょっと先に少しだけやけど、オリーブの木が植わっているところがあるよ」

「へえ〜、そうなんですね。驚きました」と彼女は和みの微笑みを見せた。

「残念ながら、今日はランチ抜き。財布が軽くならんで助かったよ」

「別に良いですよ。ダイエットにもなるし」彼女はすまし顔で応えた。そこに僅かな媚を感じた。

私は錯覚ではないことを願いながら、微笑みを返した。

急勾配の坂道を上っていくと、やがて北野町広場に着いた。

私は「ちょっと休憩」と言って石段に腰を下ろすと、彼女も側に来た。

「それほど急やないけど、しばらく坂道を上ってきたから疲れてません？」

「もうすぐ五十やけど大丈夫」

「ええ！　四十やなかったんですか？」

彼女は悪戯っぽく言った。

「この頃もうろくしてねえ、確かに四十やったよ」

「冗談ばっかり言って！」と和子は私の顔を見て微笑んだ。

「まあ、お互い様や」と私も笑みを返した。

しばらくして、『風見鶏の館』とその側の『萌黄の館』に入り、レトロな異国情緒を味わった。私は彼女の満足そうな表情に安堵した。まもなく、正午を迎えようとしていた。

私は「何処かで昼食をとろうか？」と彼女に投げかけた。

「あれ、ランチ抜きやなかったんですか？」と真顔で応えた。

「分かってるくせに」と返すと、和子は素っ気なく口にした。

「それじゃあ、このちょっと西の方にフレンチの名店がありますけど。異人館をそのままレストランにしたところです」

その表情から、私はそれを冗談とは受け取れず、有名な高級フランス料理店だけに、一瞬、財布の中を危惧した。

和子は途端に、「悪い冗談を言ってごめんなさい」と言って笑みを見せた。

「しがない年金生活者を脅かすなよ。さんちかタウンに美味しいトンカツの店があるけど、どうかなあ」

彼女は即座に応えた。

「その店なら私も時折行きますよ。そこに行きましょう。何よりも美味しいですから」

陽が降りしきる中、北野坂を下って阪急三宮駅までの道のりを楽しんで、さんちかタウンに下りた。

土曜日の昼時であったため、その店の前には行列ができていた。

「どうしようか。別の店にする？」

彼女は躊躇なく応えた。

「今は昼時やから、どこに行っても同じようなもんですよ。ここで待ちましょうよ」

しばらく列に並んでいたが、賑わいの中でじっと立っていると、他人の眼を気遣い平静を欠いた。

この年の差のある男女が世間の冷たい好奇の眼にさらされ、侮蔑されているかもしれないという不安が過ったのだ。

しかし思うのだ。いつどこに世間の冷たくない目などあったのか？

そうなのだ、彼女だけを見てさえいれば良いのだ。そう思うと落ち着きを取り戻した。

ようやく店に案内されてテーブルに着くと、メニューを見ずに尋ねた。

「ヒレカツランチでいいか？」

彼女は一瞬の間を置いて応えた。

「私、ミックスフライ定食」

店員が来ると、私は「ヒレカツランチを二つ」と告げた。彼女は戸惑いの表情を見せたが、そっと会釈した。

食事が終わると、私は伝票を持ってレジに行き勘定を済ませた。

彼女は「ごちそうさまでした」とはにかみながら笑顔を見せ、「ここからルーチンどおりにするんでしょ」と言った。

「良く分かるようになったねえ」

「駅の北側にあるコーヒーショップに行きましょ。私、時々行くんです」

私は笑みを見せて言った。

「僕もよく行くよ。神戸で老舗のコーヒーショップで、他所とは違った独特の美味さがあるよねえ」

そのコーヒーショップに着くとやはり混んでおり、しばらく待つと二階に案内された。

テーブルに着くと、私が「ブレンドコーヒーでもいいか?」と尋ねると、彼女は大きくうなずいた。

そして、ウエイトレスが立ち去ると、和子は表情を整えて言った。

「私のことをお話ししていいですか?」

私は彼女がもたらせた張りつめた空間の中で、彼女のただならぬ思いを予感し、ぎこちなくうなずいた。

私の顔を見つめて語り始めた。

今、阪急電車の六甲駅近くの賃貸マンションに一人で住んでいる。両親は既に亡くなっている。三人姉妹の末っ子で、長女は福岡で、二女は岡山で家庭を持っている。普段は滅多に会えない。姉妹は仲が悪いというわけではないが、姉二人とも生活が大変で、どうしても疎遠になってしまう。この前、話したように、心を開いて話し合えるような親友というか友人がいないので、時々寂しい思いをすることがある。以前、親友と思っていた人に裏切られたことがあり、そのトラウマで人に対する不信感を払拭できない。そのことが原因かも知れないが、自分から心を開くことが苦手だ。知人と言える人はいるが、知人はあくまでも知人でしかない。

そこまで言うと、和子はテーブルに眼を落とした。

「僕も似たようなもんでねえ。この歳やから両親は既に亡くなってるし、年の離れた兄も五年前に。それからは兄の家族と疎遠になっています。従兄弟はいるけど、かなり前から音信がないです。親友と言える奴はいたけど、遠い昔に病気で他界しました。それからは親友と言える奴はいません。今は顔見知り程度の奴だけです。寂しいと思うことがあるけど、仕方のないことでねえ」と言って、私は作り笑いを見せた。

そして、「バツ一で、四捨五入すると七十です」と和子の眼を見てハッキリ言い切った。

　和子は私の目線を受け止めながらも、「あら？　やっぱり四十歳を過ぎてたんですね」とおどけて言った。

「そう。まだ、成人式を二回しかしていません」と私が返すと、和子はクスクスと笑った。

　そして、真顔に戻して言った。

「私、アラフォーで独り身です」

　私は装いのうなずきを見せた。

「お付き合いをしたことは何度かあるんですけど。正直言って、フラれたこともありました。フラれたと言うのは正確ではないかもしれないですね。交際中に別の女性がいることが分かったんです。浮気されたんです。それからは男性に対する不信感が生まれて、交際してもシックリいかないんです」

　彼女は顔を曇らせた。

「めぐり逢いというか、縁というものがなかったら仕方がないよ。矢島さんのせいやないよ。慰めで言うんやないよ」

「確かにねえ。冗談が通じ合うというかウマが合うというか、そういう気の合う男性とはめぐり逢えなかったんです」と言うと、私の顔をじっと見つめた。

私は思わずその目線をそらせてコーヒーカップに手を伸ばした。

私は話を逸らせるように尋ねた。

「ところで、君は正社員なん？」

「そうです」

「派遣社員というか非正規社員の方は大変なことがあるんやろねえ。正社員なら恵まれてるからいいよ」

「確かに、それは事実ですね」と彼女は真顔で応えた。

その顔を見つめて私は話した。

現役時代にも派遣社員がいたが、給料も高くはなく雇用関係も不安定だった。派遣社員は人材派遣会社と雇用契約している。現に働いている派遣受入会社とは雇用関係がないため、派遣社員を解雇するのは人材派遣会社だ。派遣受入会社は解雇に手を染める必要がない。柔軟で多様な雇用と就労が期待できるなどと言うのは詭弁に過ぎない。人員調整と人件費抑制を容易にしようとする輩の企みなのだ。企業全体では何百兆円という膨大な額の内部留保を蓄積してるが、勤労者の給料はここ最近ほとんど増えてない。日本の勤労者は本当に温和しい。そこに政府も企業も胡座をかいている。

私が辛辣に話すのを彼女は戸惑いの中で耳を傾けていた。

「派遣社員の多くが女性らしいけど、給料が低いうえに身分が不安定なんは本当に厳しいと思う。君は正社員で恵まれてるね」

彼女は大きくうなずいた。

「年収二百万円以下の勤労者が多いみたいやけど、その中で派遣社員の人の割合が高いみたいやねえ」

「そうですよ」と彼女は相づちを打った。

「賃金を抑制したら個人消費が減少する。要するに消費需要が減少して、ＧＤＰも伸びない。へたをすると、円安でも生じたら不況下のインフレというスタグフレーションが起きて、庶民は益々疲弊する可能性があるんや。ただし、一部の企業はボロ儲けするけど」

彼女は熱気を帯びて語りだした私を呆気にとられて見つめていた。

私は話を続けた。

景気が良いと言うことは、貨幣の循環が活発になることだと思う。しかし、賃金を抑制することは、貨幣の循環を阻害して景気を悪くすることになる。賃金を抑制するのは企業に都合が良いかもしれないが、それは短期的なことだ。長期的・巨視的に見れば、需要が減少し企業にも負の効果をもたらすだけだ。企業は将来のリスク対応のためという名目で人件費を抑制して、巨額の内部留保を確保しているようだが、富の配分と消費需要を喚起するという観点からすれば、大いに問題があると思う。経済には複雑なパラメーターがあって単純に論じられるものではないが、賃金の抑制は個人消費を減少させて景気の後退を招く大きな要因になると思う。

私が口角鋭くまくしたてると、彼女は私を驚きの眼差しで見つめた。

「あ、ごめん。つい長く喋ってしまった」

彼女は気遣いを見せて言った。

「いいえ、興味深かったです。そやけど、経済を動かせているのは何なんやろ。投資信託を扱っていていつも疑問に思います」

彼女は銀行員の顔を見せた。

その彼女に笑顔が生まれることを期待して言った。

「それはミミズとモグラが動かしてるんに決まってるよ」

突拍子も無い言葉に彼女は目を丸くしたが、途端に大声を上げて笑い転げた。

私は構わず続けた。

経済は生きもので数学みたいな定理が無い。かつては、不況になると物価は下がった。しかし、不況下の物価上昇という、過去に前例がなかったスタグフレーションという現象もいまひとつメカニズムが明確ではないらしい。国家経済の舵取りも確かに難しいのだろう。

私は話題を変えようとした。

「何か硬いし面白くない話になったねえ」

彼女はいつもの笑みを見せて尋ねた。

「いえ、そんなことないです。ところで、真田さんは何か趣味を持ってるんですか」

「ネズミの絵を描くことと言いたいとこやけど」

「またそんな冗談を言って！　真面目に答えてください」

「趣味らしいものを持ってなくてねえ。現役時代から何かしてたらよかったと思うよ。囲碁とか将棋とかをたしなんでいたら知人の類はできたかもしれんけどねえ。強いて言うと、絵画や映画の鑑賞、音楽を聴くことぐらいかなあ。みんなジャンルを問わへんけどね。あくまでも受動的な趣味やから、生きがいを感じることなんかないね。気を紛らわせる程度のことでね。多少なりとも絵心があったらええのになあとつくづく思うよ」

「そうなんですか。私も大して変わらないです」と言って、彼女は小刻みにうなずいた。

私は彼女を見つめながら、無謀にも言った。

「今度、『散歩』やなしに、映画でも観に行こうか？　お互い、こんな知人がいても良いと思うけど」

知人という表現なら、拒絶されないだろうという安易な自惚れを盾にしたのだ。

彼女は澄んだ瞳で私を見つめると、無言でゆっくりと頭を下げた。

それからは他愛もない話が続いたが、飽きることはなかった。気が付くと夕刻を迎えようとしていた。

「今日は本当に楽しかったです。それに、ごちそうになってありがとうございました」と言って、彼女は笑みを見せた。

今日はこれで終わろうという意思を匂わせたものと感じた私は、夕食まで誘うことはしなかった。一抹の淋しさが胸を包んだ。

コーヒーショップを出ると、彼女は笑みの中で軽く会釈して言った。

「私は阪急電車に乗るので、ここで」

私がうなずくと、和子は背を向けて歩き出した。

しばらく後ろ姿を見つめていると振り向いた。

この今を忘れることはないだろう。

私が胸元で軽く手を振ると、和子は私が望む笑顔を見せた。再び振り向くとゆっくりと歩みはじめた。

笑顔の名残に浸りながら歩きはじめると、私は煩わしくも夕食のことが頭に浮かんだ。まだ夕食には多少早く、空腹というわけでもなかった。デパ地下で求める惣菜も買い置きの例のものも、自宅に戻って口にするのは避けたかった。

久し振りに麺類でも食べようと思い、さんちかタウンの食堂街に足を運んだ。

土曜日の夕食に近い時刻で賑わっていた。和そばの店に行くこととした。

店の引戸を開けると、店員がやってきて、

「お一人様ですか」と尋ねた。

私がうなずくと作り笑いを見せて二人席に案内した。四人席は全てうまっていた。

私はその席に座ると天ざるそばを注文した。そばも天ぷらもまずまずの味だった。

食べ終わってお茶を飲んでいると、目の前に女性が現れた。

私はあまりのことに、大きく目を見開いて言葉が出なかった。

離婚した元妻の良子が立っているのだ。

「久しぶりね」と言う顔には、緊張が漂っているように見えた。

一呼吸置いて、私はやっと口を開いた。

「こんなところで、君に会うとは」

「お茶でも飲みながら少し話さない？」と私を誘った。

私は良子の顔を見ながらゆっくりと頭を下げた。

支払いを済ませると、私たちは近くの喫茶店に入った。

席に着くと良子から口を開いた。

「ほんまに久しぶり。元気そうやねえ」

「この前会ったのは三年前かなあ。あの時、出会ったんも偶然やったんで驚いたけど、今日も驚いた。君も元気そうやないか。何よりや」

「今も一人なん？」

「うん、そうや」

「寂しくはないの？」

「たまには寂しく感じることもあるけど、苦痛というほどやないよ」と私は虚勢をはった。

そこに、ウエイトレスがやってきたので、テーブルチャージのつもりでコーヒーを二つ注文した。好みのカプチーノを注文する気にならなかった。

「君の家族は皆さん元気なんか？」という私の問い掛けに、良子は虚ろな顔でうなずいた。

私はその表情が良子の現実を十分に物語るものであることを覚った。それ以上は聞くつもりはなかった。

コーヒーがくると、良子は一口飲んで口を開いた。

「私ねえ、二十年近く今の主人とは何とかやってきたんやけど、主人の子供達とはどうしても上手くいかなくて。今でも、打ち解けた話が出来ないんよ。まともに口を利いてくれないときもあるのよ。もう諦めてはいるけど。二人ともとっくに成人しているから理解してくれても良さそうに思うんよ。あら、こんな話しして悪かったねえ」

「いや、別にかまわんけど。ようあることやないか。君の主人は前の奥さんと死別したと聞いたけど、子供達にしたら自分たちの亡くなった母親だけが母親なんや。絶対に忘れられへんと思う。離別したんと一味ちがう感情があるよ。その母親を忘れろというんは無理や」

「そらそうやろね。忘れて欲しいとはとても思わへんけどね。私は心を開いて私の方からいろいろ努力してきたんやけど、私のことを認めてくれへんのよ。はっきりと言葉に出して言わへんけど。再婚した時、子供達は二人とも大きかったから余計難しかったんやろねえ」

「しかし、難しい年頃の子供が二人もおるのによう結婚したなあ」

良子はうつむいた。

「子供達に認めてもらおうなんて、そんなことは無理と思わんと仕方ないんとちゃうか。テレビのドラマやったら、義理の母親の誠意に子供達が心を開いて、皆で涙を流して抱き合うようなシーンがあるけどなあ。現実はなかなか難しいと思うよ。今、二人とも成人やったら諦めるこっちゃなあ。いじめられんだけましやと思うたらええんや」

「ええ？　そこまでは」

「子供が小さかったらそういう努力も否定せえへんけど、成人やったらいざこざが生まれんように気をつけるだけでええやないか。子供達からしたら、君は父親の女でしかない。母親やないんや。スパッと諦めたらええんとちゃうか。今更無理せんでも」

「そうかもしれんねえ」と、良子は俯いて呟いた。

「もし旦那が先に死んだら、遺産相続の問題が出てくるけど、それはやっかいなことや。君は働いていたから老後の蓄えがあると思うし、年金もそこそこの額やと思う。もし、そうなんやったら、遺産相続は放棄することを子供達に明言しといたらどうや。

子供達の態度が軟化するかもしれんで」

「私は遺産相続目的で再婚したんやないから」

良子は毅然とした表情を見せた。

「分かってるよ。そやから言うたんや。やっぱり、人間は金銭欲・物欲は強いもんやで。禍根を絶つというたら大袈裟やけど、ちょっと先の将来のためにはベターかと思う。遺産が莫大なんやったら簡単なことやないと思うけど」

「世間並みのものしかないんよ。確かにねえ。考えてみるわ」

良子は小刻みにうなずいた。

「あなたと話せてよかった。知ってのとおり、私はあなたと同じで人付き合いが良い方やないから、今は親しい人はおらへんのよ。みんな亡くなってねえ」

彼女は苦笑いをして俯いた。

「私が先に死んだら旦那が何とか後始末をしてくれると思うけど、私が残ったら義理の子供たちとは同居できないやろし、きっと孤独死が待ってるのよ。私はどうなるんか、不安で寝られないこともあるんよ」

「心配するな。今の僕も同じようなもんや。死ぬ時は誰でも一人やないか。死んだ後のことまで真剣に考えることないで。野ざらしにされても、海に捨てられても、どうなっても意識はないんやからなあ。僕は、最近、そう割り切って考えるようになった。というよりはそう考えざるを得んのや。独居老人にとったらな。開き直ったろうと思う。くよくよしてもなるようにしかならんで」

良子は私の話を息を飲んで聞いた。

「あまりにも悲観的に思えるようやけど、きっとそれが未来の現実なんかもしれんねえ。けど、確かに死んだら意識がなくなるから、体はもう私ではなくなるんやろねえ。厳しいことをはっきり言うのを聞いて、何かスッキリしたわ」

良子の表情は私の記憶に残っているものではなかった。

その表情を見て、私は偽りの慰めとも思えるようなことを口にせざるを得なかった。

「けど、何でも絶対に諦めへんかったら、幸福の方から君に近づいてくるかもしれんで」

良子はまじまじと私を見つめて言った。

「ところで、何で再婚せえへんのん？」

良子と会ったあの時から、その質問を想定していた。

「特に理由はないけど、めぐり逢いがなかったということかなあ」

「また、話を聞いてくれる？　携帯電話の番号を教えてくれない？」と彼女は、すがるように私の顔を見た。

「それは止めようや。今は赤の他人やから、どうこういうことはないように思うけど、そんなことしたら君の旦那に申し訳ないよ。それに二人でいるとこを旦那や知人に見られたりしたら、あらぬ疑いを持たれるかもしれんやん」

「私たち何で……」

「その話はご法度や。君が悪かったとは決して思ってない。過去は過去でしかないよ。過去は捨てるしかないんや」

子供がいなかったことが、理由の一つかもしれないなどとは言えなかった。

良子は寂しそうにうなずいた。

しばらくして喫茶店を出ると、良子と別れて自宅に向かって歩きだした。決して振り向かないでおこうと努めた。淋しさを感じないと言えば嘘になる。それを歩みの速さで拭おうとした。

マンションの玄関にたどり着くと息が荒くなっていた。

自室のドアを開け、リビングのシーリングライトのスイッチを押すと、暗闇は明るさに満たされた。それは今までとは違うもののような感覚に陥った。つい先程の良子の記憶は遠ざかっていき、矢島和子の面影が胸に浮かびあがった。

ベッドに入ってからもそれが睡魔の訪れを妨げた。恥知らずで身のほど知らずの高齢者を侮蔑することはできなかった。

翌日の日曜日、いつものようにテレビの報道番組を見ながら、コーヒーとパンの朝食をとった。

朝食を済ませると彼女の面影が胸によぎり、彼女からの電話を期待した。

自分から電話する勇気はなく、テレビに目を向けていたが、画面は見えていなかった。

しばらくして、期待するのは諦め新聞に目を通したが、空しさが文字を曇らせた。ページをめくると、社会欄に高齢化社会の深刻な課題に関する記事が掲載されていた。それを目にして、私は、ふと、三島としばらく連絡を取っていないことが気がかりになりはじめた。

電話してみようと思ったが、寂しさに耐えかねて電話したと思われるのも癪だったうえ、この前の三島の応対への不信感が胸に影を落とし、私から電話することは控えようと思った。

今も彼女の面影は消えていない。

彼女は私をどう認識しているのだろうか。多少は信頼している知人なのか。俗にいう茶飲み友達なのか。もしかしてそれ以上の好意を持ってくれているのか。

歓喜を期待できるかどうかという煩悶が胸に渦巻く。それ自体が茶番なのか。現実はこんな私を蔑みさえするのだろうか。胸の中で様々な憶測、期待、失意の相克が生起した。

気分を紛らわせるために、久し振りに好みのブラームスを聴くことにした。ブラームスは四つの交響曲を残し、私はいずれも秀逸だと思っているが、私は特に第一番と第三番が気に入っている。今日は第三番を聴くことにした。自分だけの世界で陶酔できればそれで充分なのだ。

第三楽章に入ると、弦楽器が切なく唱いだした。

聴き終わって、今日はいつも以上に満足し昂揚感を味わった。

窓から差し込む陽は私を温もりで包んだ。

私はこの陽に誘われるように外に出た。シャツにブレザーでさわやかな気分を味わいながら歩いた。

海を眺めるためにメリケンパークに行くこととした。マンションから徒歩十分位で行けた。

メリケンパークはメリケン波止場の近くにある。メリケンは明治時代にアメリカをもじったものだと言われている。一説では、かつて居留地の海寄りにアメリカ領事館があり、その前の波止場ということからメリケン波止場と呼ばれるようになったらしいと聞いたこともある。

この様なことに思いを巡らすと、神戸の永い歴史の歩みに改めて愛着を感じた。行ってみると、日曜日のため思いのほか賑わいを見せていた。

海洋博物館を越え、中突堤の先端の海際まで行くと、澄みわたった世界の中で空と海が水平線を描いていた。深呼吸をすると海の薫りが胸に充満した。現実は忘却され、一切の煩わしさや苦悩は脳裏から解き放たれた。

それは今の独り身の私には至福であり、彼女のことさえも、まるで余分なことであるかのごとき境地にまで陥らせようとした。この今が永遠に続いていくかのような錯覚の中で紛れもない生を感じた。

しばらくは陽光と波とそよ風の戯れを楽しんだ。

中突堤を離れると、その側にあるホテルに入り、海が見えるカフェでコーヒーを楽しんだ。

マンションに戻ると昼食時を迎えていた。

今日は買い置きのインスタントラーメンを食べることにした。カップにお湯を入れフタをすると、途端に彼女の面影が浮かんだ。

やはり無視できない存在になってしまっていた。

食べ終わると湯沸かしポットに水を入れ、マグカップを取り出した。

その時、スマホが音を立てた。

一気に胸はときめき、それを抑えながら「もしもし」と応えた。

「ユキさん、私。昨日はごちそうさまでした」と彼女の明るい声が耳に弾んだ。

「それは良いけど、『ユキさん』て？」と、私は分かりすぎる答えを持ちながら、いぶかしく装って尋ねた。

「真田さんの名前は『幸信』やから、これからは、上の字の幸で『ユキさん』と呼ぶことにしたんよ」

その瞬間、私の胸に芽吹くものを感じた。

「どうかしたの？」と彼女が問いかけた。

「別に何でもないよ。カズちゃん」と、私は返した。

「ええ！『カズちゃん』か？　もうちょっとカッコイイ呼び方ないのん。まあ、それで良いか」

和子は屈託なく応えると私に尋ねた。

「今日はどうしてるの?」

　私は心地よい小刻みな震えの中で話した。

「さっき、メリケンパークまで散歩に行ってきてねえ、海を見てたら気持ちがよかったよ。カズちゃんは?」

「私は家でゴロゴロしてたんよ。メリケンパークか。良いよねえ、あそこは。永いこと行ってないなあ。今度誘ってね」

「うん、楽しみにしてるよ」

「そんな確かでないような言い方は止めてよ。近いうちに行きましょ」

「もちろん」

「今は何してるの?」

「コーヒーの用意をしてるとこなんや」

「ユキさんはほんまにコーヒーが好きなんやねえ。どの種類のコーヒー豆が好きなん?」

「コーヒーなら目がないねんけど、強いて言うとキリマンジェロかなあ。ブルーマウンテンも何度か飲んだけど、僕はあんまり舌に馴染まないんや。値段はもっと財布に馴染まんけど」

「そうやねえ。ほんまにブルーマウンテンは高価や」

和子以外とは、こんなたわいない話はできそうにないように思われた。

「ところでユキさん、年末を控えて明日から仕事が忙しくなりそうで、平日はおろか休日も会えないかもしれないんよ」と、沈んだ声が耳に入った。

「仕事なら仕方ないやん。仕事をして給料もらってんねんから。けど、健康を害してまで仕事することはないからね。体調には気を付けんとねえ」と、私は和子を気遣った。

「ありがとう。私から暇を見つけて連絡します」

「いつでも連絡してくれて良いよ」

「はい、分かりました。今日はこれで」

「電話してくれて、ありがとう」と私が応えると、「いいえ。それでは、また」と言って、和子はスマホを切った。

私の昂揚はまだ収まってはいなかった。

これから和子とどうなるかは分からない。しかし、和子が無二の存在になることを願った。

テーブルの上に置いたマグカップに熱いコーヒーを注ぐと、その薫りが安らぎをもたらせた。

第四章

翌朝、久し振りに快適な目覚めを感じた。

寝室のカーテンを開けると、いつもは苛立ちさえも感じる陽ざしが今朝は心地よく頬を撫でた。

いつものように身繕いし、朝食をとり、コーヒーを味わいながら新聞に目を通した。紙面をめくるうちに、また三島のことが気がかりになった。しばらく三島の声を聞いていない。こちらから電話するのも癪なように思ったが、とりあえずスマホを手にした。

呼び出し音が鳴り続け、不安を感じる中で、「もしもし」と三島の声が聞こえた。

安堵の中で問いかけた。

「俺や、真田や。久しぶりやなあ。なかなか電話に出なかったから心配したんや。元気なんか?」

「なんとか元気や。まだ命があるみたいや」と三島は応えたものの、その声は以前のものではなかった。

「真田は元気そうやな。俺はこの頃スマホをほとんど使わんようになってなあ。ほったらかしにしてることが多いんや」

石田の他界がそうさせたのだろう。

三島は素っ気なく言った。

「ところで、何の用なんや？」

私はすぐにスマホを切りたい衝動にかられた。

三島にとって、石田は親友と言ってもいいほどの存在だったが、私は単なる顔見知りに過ぎないと断言されたようなものだ。『何の用なんや？』と言うとはどういうことなのか。

私は憤りを抑えながら応えた。

「特に用はないんや。元気やったら良えんや。ほんなら」

私は唐突にスマホを切った。

この前といい今日といい、三島の応対に落胆と不信を覚え、二度と私から電話しないでおこうと決めた。その一方で、寂寥が訪れたのも事実であった。

こんなことは今までの人生でいくらでもあったことではないか。周りに誰もいなくなったことが、今更どうだというのだと思うと苦笑がでた。

平静を取り戻すと、三島は石田という親友を失った衝撃を今も引きずっているのかもしれないと思い至り、大人げない稚拙な応対を自嘲するとともに後悔した。しかし、再度、電話しようとは思わなかった。

知人と思しき人が周りにいなくなったことを実感した。

しかし、和子がいるとは思いたかった。

リビングのガラス戸越しに、ベランダのシクラメンの葉が揺れているのが目に入った。

もうすぐ十二月を迎えようとしていた。

時間は人の日常に一切配慮せず容赦なく季節を運び、残酷に生を削ることに嬉々として戯れるのだ。それが苦痛をともなわない恐怖であることを、哀れにも人は知覚できないでいる。

私は鬱屈した気分を払拭したく、好みのブラームスを聴きたくなった。交響曲第一番に決めた。

その第一楽章の冒頭では力強くティンパニーが打ち鳴らされるが、私にはそれが運命に対する挑戦であるように彷彿させるのだ。

これはハ短調だが、私がやはり敬愛するベートーヴェンの交響曲第五番『運命』も同じくハ短調で、第一楽章の荘重な第一主題にも同様の印象を受ける。

CDをプレイヤーにセットし、ソファに座って耳を澄ませた。ティンパニーが強く語りはじめると魅惑の世界に引き込まれた。

第四楽章が壮麗な中に終わると、華麗な音の魔術の余韻に酔いしれた。

夕刻を迎え陽が陰りだすと、今日の三島とのやりとりが脳裏に浮かんだ。侘しさを払拭すべく、孤独が和子の面影をもとめた。

和子からしばらくは多忙と聞いていたが、今の心境が彼女の声を聞きたいという衝動を誘発させた。今の時刻なら執務中だと思われるので、夕食後に電話することとした。メールを送信することは年甲斐もなく軽薄なことと思い、気恥ずかしささえも免れえなかった。

夕食は久し振りにデパートで刺身でも買い、即席の味噌汁とで済ますことにした。

夕食を済ませて、コーヒーを味わっているところで時計を見ると九時前になっていた。

スマホを手にして和子に電話した。呼び出し音が鳴り続けた。しばらくその音を聞いていたが諦めてスマホを切った。多忙で、この時刻でも執務中なのだろうと察した。

風呂に入り、パジャマを着て、何となくテレビのリモコンに手を伸ばしたとき、静寂の中でスマホが鳴り響いた。

「もしもし」と言う私の声は弾んでいた。

「和子です。電話貰ってたのに遅くなってごめん」

「いや、僕こそ謝るよ。当分忙しいと聞いてたのに悪かったよ。今日ちょっと嫌なことがあって、それでカズちゃんの声が聞きたくなってねえ。それでつい」

「やっと帰宅したとこよ。執務中は個人のスマホを使えないんよ。それに電車の中から電話するのもどうかと思って今になったのよ」

「分かってるよ。カズちゃんの声が聞けてよかったよ。僕はシワのある子供やなあ。情けないよ」

「年に関係ないと思うよ。誰でも気分が滅入ることはあるでしょ。私のときもよろしくね」

「イヤです！」

和子はまるでまともに受け取ったように、「憎たらしいこと言わないで！」と応えた。

「分かってるくせに。冗談が言えてスッキリしたよ。冗談が言える人ができてほんまによかったよ」

和子は「私は冗談が嫌いなんよ！」と返してきたが、すぐに、「ワッハッハ！」と笑う声が聞こえた。

「私も冗談が言えてスッキリしたわ」

「疲れてるやろ。早く寝るんやで。体にだけは気を付けてな」

「ありがとう。私もユキさんの声が聞けてよかった。今度は暇を見つけて私の方から電話するから。明日は早いから、これで。おやすみ」と和子は、申し訳なさそうに言った。

「おやすみ」と言うと、私の方からスマホを切った。

年甲斐もなく和子に甘えを見せ、くだらないことで電話したという後ろめたさがそうさせた。

それからは和子とめぐり逢う前の日々に戻ったが、侘しさや淋しさを感じることはなかった。

日中は旧居留地界隈を散歩することを心がけ、たまには、三宮のダウンタウンにまで足を伸ばすこともあったが、木枯らしがブレザーだけの私に寒さを運んできた。間もなく年末を迎えようとしていた。

十二月二十三日、夕食を外食で済ませて帰宅したところでスマホが鳴った。和子以外には考えられず、胸をときめかしながらスマホを手にした。

「私よ。ちょっと日が経つけどユキさん元気なん？」

「ああ、元気や。声を聞いたらカズちゃんも元気そうやねえ」

「まあね。ところで、急なんやけど明日の夜に会えない？」

「残念やなあ。明日は彼女と会う約束があってねえ」

和子は「え！」と声をあげると、一瞬、沈黙した。そして、尋ねた。

「その人は若いの？」

「ああ、僕よりはずっと若いよ」

「美人なん？」

「うん、そうや。他の人はどう言うか知らんけど、僕からみたら美人やねえ。背は僕より一寸低いぐらいでスラッとしてる。外見は冷たそうやけど実は温かいんや。ユーモアも分かるしね。ええ交際してるんや」

「へえ、そうなんや」と和子は落ち着いた声で応えた。

和子は一息つくと、「ウフフッ」と笑いをもらし、うれしそうに言った。

「冗談もいい加減にしてよ！　大ウソつきのタヌキ親父！」

和子はタヌキジジイとは言わずに、タヌキ親父と言った。

その残響が耳にそよいだ。

「バレたか」

「当たり前よ。ユキさんのことはなんでも分かるんよ。それでは、明日の午後七時にあのデパートの東玄関で待っています。レストランの予約は取っていますから」

「ありがとう。了解！」と、私は短く答えた。

快い恥じらいの感覚がまだ残っていた。

「話はその時に。それじゃあ」と言って、和子はスマホを切った。

私は湧き上がる笑みを抑えることができなかった。それが孤独感を追い払った。

湯船に浸かると久しぶりに自然と鼻歌がでた。ベッドにもぐり込んでも胸のときめきは消えなかった。

翌日の目覚めは遅かった。それから夜までの時間はあまりにも長かった。

約束どおり待っていると、後ろから肩を軽く叩かれた。驚いて振り向くと和子だった。

デパートの手提げ袋を手にしていた。

「お待たせ」と和子は微笑みながら言った。

「トアロードの方から来ると思ってたから、びっくりしたよ」

「残念でした。今日はユキさんも知ってる博物館の西側にある異人館のレストランを予約してるんよ」

「そうか、ありがとう。ディナーで行くんは初めてや」

一瞬、私は財布の中を危惧した。

「さあ、行きましょ」と言うと、和子は私を促した。

レストランに入ると窓際の席に案内された。街灯の柔らかな光が窓を染めていた。

席に着いた途端、和子は口を開いた。

「テーブルチャージだけで料理は注文していないんよ。ステーキコースで良いかしら。今日は私がご馳走します。いつもご馳走になってるし。ボーナスも貰ったし、任せてちょうだいね」

「それはいかんよ。おまけに、ステーキコースは高いに決まってるからなあ。僕はカレーライスでええよ」

「そんなら、かけうどんにしたらどう？　ここのは美味しいらしいよ」

「オッケー！　それにしよう」

「もう！　またふざけたことを言って！」

「カズちゃんも調子に乗ったやないか」

「今日は私の言うとおりにしてちょうだいね」

「分かった。申し訳ないけど」

ウエイトレスが来ると、和子はステーキコースを二つ注文し、食後のドリンクはコーヒーとレモンティーにするよう依頼した。

「飲物は何にされますか？」と問われて、和子は私に顔を向けた。

「ユキさんどうします？」

「僕はアルコールに強い方やないし、カズちゃんに任せるよ」

和子は「グラスワインでピノ・シャルドネ二つ」とウエイトレスに注文し、「いいでしょ？」と私を見つめた。

私はその瞳に酔わされたように、微笑みながらうなずいた。

ウエイトレスが立ち去ると、和子は先ほど眼にしたデパートの手提げ袋を私に差し出した。

「今日はクリスマス・イブよ。プレゼント」と、はにかみながら言った。

「ええ、そんなこと！　びっくりさせるなよ。そうか、今日はクリスマス・イブか。

最近はそんなことには縁がなかったなあ。プレゼントを貰うのは何年ぶりかなあ。驚いたよ。とにかく、ありがとう。ありがたくいただくよ」

私は和子を見つめながら頭を下げた。

「私もプレゼントするのは久し振りなんよ」

和子はさわやかに微笑んだ。

二人とも、出会うまではそんな親しい人を無くしていた。

「とにかくうれしいよ。開けて良いか？」

「どうぞ」と言う和子の顔には笑みが咲いていた。

包装紙に包まれた箱を開けると、ダークブルーのVネックのセーターだった。

「すごいなあ、気に入ったよ。実は、寒くなってきたんで、こんなセーターが欲しいなあと思ってたんや。うれしいよ。ありがとう」と、私は満面の笑みを返した。

「ブランドものやないけど日本製です」

「名前だけのブランドものよりはこの方が良いよ。高かったと思うけど。ほんまにありがとう」

私の胸の中で花弁が開いた。

グラスワインがくると、和子はグラスを手にして、「ユキさん！」と声をかけた。

グラスを手にすると、芳醇な香りが漂う中で二つのグラスが響きの華を咲かせた。

和子は温かい眼差しで私を見つめた。

「ユキさんに気に入ってもらって、本当によかった」

そこにスープがやってきた。

「冷めないうちに、いただきましょ」

私は歓喜の余韻の中でスプーンを手にした。

スープを口にしながら、私は尋ねた。

「ところで、仕事はまだ忙しいの？」

「残念ながら年末やからねえ。三十日まで出勤せんとあかんのよ」

「今日はわざわざ僕のために？」

「昨日、部長がイブは残業なしにしようと言ったのよ。課長はもう一つやけど、部長はねえ」

「そうか。その部長に感謝するよ」

和子は悪戯っぽく言った。

「部長にだけ？」

「わざわざ口にせんでもええやろ、カズちゃん」

和子は微笑んだ。そして、急に真顔になって話した。

「そうそう、ユキさんが買った投資信託やけど、全般的に株価が低迷していて、今はほとんど利益が出てないのよ。ごめんね」

「カズちゃんの所為やないよ」と、私は即座に応えた。

和子は申し訳なさそうに語り始めた。

「投資信託は、投資家から集めた大きな資金を専門家が株や債権に投資・運用する商品で、運用益を投資額に応じて配分される仕組みなんよ。そやから、元本が保証されてないのよ」

私は和子を気遣いながら言った。

「僕は投資には疎いけど、それぐらいの基本的なことは分かってるよ。前にもカズちゃんから聞いたしね。今度の投資信託の購入は、銀行預金利率があまりにも低すぎるから、試しに小さな額でしてみようと思うただけや。僕が思うには、資産の少ない人は、その資産を殖やそうと思うより、その資産の目減りを抑えるというか、資産を守ることに努めるべきなんや。下手に儲けようとすると損をする。儲かるのは、やっぱり危険分散を考慮して多方面に投資できる富裕層やと思うんや」

「ユキさんの言うとおりかもしれないね。儲けるのはいつもお金持ちよ。お金には額に応じた引力があるみたいねえ」

「ほんまにそうやなあと思う。宝くじで一等が当たることは庶民の夢やけど、確率からしたら絶対に当たらんと言うてもええぐらいや。そやけど、手持ちの僅かな金額で大金を得ようとすると、それにすがらざるを得んのが庶民なんや。それが厳しい現実や」

「まったく」と和子はうなずいた。

「何か、クリスマスに相応しい話でなくなったなあ」

「そやけど、現実を語ってると思うのよ。私もジャンボ宝くじ買おうかなあ」

「買うて当たらなかったつもりで、ランチでも食べた方が気が利いてるよ」

和子は微笑みで返した。

それから、オードブル、メインディッシュ、デザートと続いたが、今夜は舌に確かな味覚があることを実感した。

食事を済ませると、コーヒーとレモンティーが出された。

いつの間にか、周りのテーブルから人が去っていた。

「今日はありがとう。プレゼントを貰ったし、料理も美味しかったし」

「私も楽しく過ごせて良かったです」

和子はそう言うと、ちらっと腕時計に眼を落とした。

私はその仕草が無意識のうちのものであることを願った。

私は和子の顔を窺うように言った。

「そろそろ、出ようか」

和子はゆっくりとうなずいた。それはこの言葉を待っていたというものではなさそうに思われた。いや、そう願った。

和子が支払いを済ませると外に出た。

「ごちそうさま。この次は僕が」

和子は笑みを浮かべて応えた。

「カレーライスでいいからね」

「そんなことできひんから、奮発してかけうどんにするよ」

「オッケー！　それで決まり」

和子は笑みをたたえた顔で応えると、「遅くなったので、今日はこれで」とはにかみながら言った。

和子は私とのことをわきまえているのだろうと感じたが、一抹の寂しさも覚えた。いや、その寂しさを覚えること自体が実存すべきではないのかも知れないのだ。悶々とする胸中を笑みで被いながら私は言った。

「そうやねえ。三宮駅まで送るよ」

和子はゆっくりとうなずいた。

私は和子に拒否されなかったことに安堵した。

阪急三宮駅の改札口にくると、和子は私を見つめて言った。

「それじゃあ、また」

「ここから遠くはないけど、気を付けて」

「ありがとう」と言って、和子は改札口を通っていった。

後ろ姿を見つめていると、和子はエスカレーターの手前で振り向き、小さく手を振った。

私は和子に分かるように大きくうなずくだけだった。和子は笑みを残してエスカレーターに足を運んだ。

私は和子の名残を味わいながら駅構内を出てマンションに向かった。

夜空を見上げると、星たちが煌めいていた。その煌めきは私を嘲笑するかのごとく感じられた。笑いたければ笑うがいい！　そう思うのが今の私なのだ。

マンションに戻り、貰ったセーターに袖を通すと、温もりを感じ笑みがこぼれた。

風呂に入りベッドにもぐり込んだが、和子の面影が睡魔を遠ざけた。

翌朝、目覚めは遅かった。いつもどおりの朝食を済ませ、ソファに座って新聞を開いた。

紙面に、和子の微笑みが浮かんだが、不確実な未来への不安が私の脳裏を締めつけた。

再び全くの一人に戻るかもしれないと思うと、ふと、たった一人の親友だった男の顔が蘇った。

五十年近くも前のことだが、鮮明に脳裏に残っている。

高校に入学してすぐに桝井との交友が始まった。性格は異なるが不思議と気が合った。

桝井は私よりも遥かに体格が良く、ラグビーに勤しんでいた。そのうえ、頭脳明晰で勉強もよくできた。『天は二物を与えず』などというのは、まやかしだと思ったものだ。桝井とは幾度となく語り合い、その都度、示唆を受け共感することが多かった。

桝井とは親密という意識はなかったし、他の奴からすれば、素っ気ない間柄と思われていたかもしれない。しかし、それは互いの信頼がそう思わせていたのだと自負している。

桝井は希望する大学に難なく合格したが、私は全くの不本意な結果に終わってしまった。

ただ、所謂滑り止めのつもりで受験した大学にだけは合格した。入学するつもりはなく、いわゆる浪人して再度挑戦することを考えたが、一方で、一年という貴重な時間を費やすことに価値があるのかどうか苦悩した。

失敗と言ってもいい受験結果に、級友たちの冷たい視線にさらされ、親戚の面々からは、あからさまな侮辱をうけた。それに反発するように、やけっぱちも手伝ってその大学に入学した。後悔は直ぐさまやってきた。

彼は私に気遣ってか、しばらく私から距離をおいた。

入学してしばらくした頃、桝井から電話があった。

「俺や。入学してちょっとは落ち着いたやろ。近いうちに会って、バカ話でもしようや。嫌とは言わさんで。この次の日曜日、一時に阪急三宮駅の東口に来いよ」

私は彼に引け目と羨望を感じ、返事に躊躇した。

「おい、真田！　返事ぐらいせいよ」

「分かった」とだけ応えると、彼は受話器を下ろした。気後れがあったものの、彼だけが私に連絡してくれたことにありがたい思いがした。

当日、約束どおりに行くと、彼はすでに来ていた。

私に気付くと、「お前を見て安心した」と言って笑顔を見せた。

「コーヒーでも飲みながら話そうや」と言われた私はうなずくだけだった。

そこから近くの安手のコーヒーショップに入った。

それぞれがコーヒーを買って、テーブルに着くと彼から口を開いた。

「お前の大学はどうや。少人数の語学の授業は別として大きな教室の講義となると、全部やないけど、講義中に私語を発するアホがおるんや。少ない人数やないぞ。教授が注意しても治まらんことがある」

「お前のような大学でもそんなことがあるんか。俺は俺とこみたいな大学やったら、しゃあないと諦めてたんや」

「どこも大して変わらんみたいやなあ」と桝井は応えた。それは私への気遣いだと覚った。

桝井は話題を変えて聞いた。

「第二外国語は何語を選択したんや。俺はドイツ語や。法学部やからドイツ語の方が何となくええように思うてな。お前は？」

新入生の定番の話題だ。

「俺はフランス語や。特に理由はない。どうせ一寸味わうだけのことやろ。何でもよかった。けど、文法がややこしそうや」

「そうか。要するに文法が緻密やから、フランス語が外交で使われることが多いんやろなあ。論理的に誤解が生じにくいということっちゃなあ」

「さすがに、お前はすぐにそこまで理解してしまう」

「お前かって分かってるくせに。ところで、彼女はできたんか?」

私は黙ってうつむいた。

「すまん、悪い質問やった。そのシケタ面やったらできるわけないなあ」

桝井は笑みを浮かべて言った。

「俺には前から彼女がいる」

私は桝井を一瞥して言った。

「俺はその彼女をとっくに知ってるで」

桝井は不審な表情を見せた。

「ずっと前から、お前の彼女はラグビーやないか」

途端に、「残念、バレたか。けど、バカ話ができて良かったよ」と言って笑顔を見せた。

私はようやく笑みを見せることができた。

その私に桝井が語りかけた。

いつまでもシケタ顔するな。これは気休めで言うのではない。入学した大学で人間の価値が決まるわけではない。学歴が全てのような職種もあるが、そんなものはこっちから蹴飛ばしてしまえ！　どこの大学に入っても、この四年間をどう過ごすかが大事だと思う。自分の目指す大学に入ることだけを目的に勉強して、入学後は遊びほうける奴もいる。結果は自明だ。そうではなく、この四年間で学んで何かを摑んでみろ。後の人生が豊かになると思うし、分かる人は分かってくれる。第一、大学で学べることに感謝しろ。どこの大学かは気にするな。

私はまなじりを決して聞き入った。

「テレビを見ていて、学歴があってもアホな奴はどこにでもおると思うやろ。受験に失敗したぐらいでクヨクヨすんな」

その時の私には、これは装飾された虚言ではなかった。

桝井は微笑みながら言った。

「クズ芸人が舞台でネタを忘れたみたいな顔しやがって！」

桝井は私をじっと見つめて言葉をかけた。

「俺にできることはないか？」

私は思わず俯いてしまった。頬に一すじ流れた。

それから数日後、私から電話した。

「この前は、ありがとう」

「何が？」ととぼけてみせた。

そして、「元気か、お前」と私を気遣った。

「お前のおかげで元気になった。お前の方はどうなんや」

「元気は元気なんやけど。この頃ちょっと調子が悪うてなあ。大したことはないと思うけど。朝方に頭痛がして、物が二重に見えたりすることがあるんや。入学早々、ラグビーの練習が厳しいんで肉体的に疲れてるし、一年生で精神的な緊張も加わってると思うんや」

「お前は元々体力があるから大丈夫と思うけど気を付けてなあ。あんまり続くようやったら病院に行けよ」

「分かったよ」と意外なほど神妙な答えが返ってきた。

それから数日経った頃、桝井の家に電話した。

「真田というものですが」と告げると、即座に、「お名前は弟から聞いています。姉です」と返ってきた。

「真田さん、実は」という声で、私は一挙に不安が胸に充満した。あの症状が気になっていたのだ。

「かかりつけの医師に診て貰ったんですけど、はっきりしないので総合病院を紹介されたんです。そこで検査の結果、脳腫瘍が見つかったんです」

「何ですって！」と私は思わず大声で叫んだ。

「私たち家族はショックをうけました。しかも、若いこともあってかなり進行していました。手術は無事終えたんですが、担当医の話では予後不良ということです」

「そうだったんですか、あんな元気やったのに驚きました。信じられないです。面会は出来ますすか」

「出来ます。是非会ってやってください。喜ぶと思います」

私はすぐに家を飛び出し病院に飛び込んだ。

病室に入ると、彼の頭には何重にも包帯が巻かれていた。眠っている様子だった。

ベッドの側には、悲嘆に暮れた顔の年配の女性が丸椅子に座っていた。

私が近づくと立ち上がった。

「真田といいます」と告げた。

「母です。息子から聞いています。よく来てくれました。ありがとうございます」

「とんでもないです」

　私の声が聞こえたのか、桝井は眼を開いてこちらを見た。

「お前、来てくれたんか」と言う声は、以前のものではなかった。

「家に電話したら、お姉さんに入院したことを知らされてびっくりして来たんや。何で知らせてくれなんだんや」

「俺はこんな重病とは思わなんだし、お前に心配させてもあかんと思たんや」

「余計な気遣いするな。とにかくびっくりしたよ」

「そうか。俺自身が一番びっくりしてるよ。無事に手術も終わったから安心してるけどな」

「ほんまに良かったなあ。退院したら、またアホな話でもしょうや」

「うん、しようや」

　桝井は元気を出して言ったつもりのようだったが、その声の抑揚も私の胸を痛めた。

　それから、頻繁に見舞いに行ったが回復の兆候は見えず、病魔の足音が高まるのを感じた。

三ヶ月ほど経った日の午後、桝井の母親から電話があった。電話に出た途端、「真田さん、いよいよ……」と声を詰まらせた。返事もそこそこに病院に急いだ。

四人部屋から個室に移っていた。

病室に入ると、ベッドの側には沈痛な表情の家族三人が立っていた。私は軽く会釈してベッドに近づいて行ったが、桝井は眼を閉じていた。

私は桝井の耳元に顔を寄せて話しかけた。

「俺にできることはないか？」

それしか言葉が出なかった。

桝井はゆっくりと眼を開けると私を見つめた。うっすらと笑みを見せると再び眼を閉じた。涙が桝井の頬に流れた。私は俯いて体を震わせた。

私は今でも、その時の彼の表情を忘れない。

私を励ましてくれた唯一の親友を亡くした衝撃に、私は打ちひしがれた。

悲しみなどというものは無かった。絶望だけが私の胸を埋めた。

しかし、時が経つと、桝井が旅立つ時に立ち会えたことで、絶望に巣くわれた私の胸に彼の微笑みが放つ光が舞うのを覚えた。

この生涯で、桝井のような男にめぐり会えたことに感謝した。唯一の親友との思い出は時として私を励ましてくれるのだ。

私は親友とは言えないまでも、親しかった知人の三島との交友関係が懐疑のうちに閉ざされたことに無念を覚えた。

この今、和子の存在の貴さを強く認識させられた。

やがて、いつものように一人で夜を迎えた。しばらくの間、リビングは寂寥の冷気で充満された。

その時、スマホの音がそれを放逐した。誰からかは分かっている。

急いでスマホを手にした。

「私。ユキさんに話したいことがあるんやけど、明後日の日曜日に会えない？」

和子の声にはいつもの明るさが感じられなかった。冗談は控えた。

「いつでも良いよ。カズちゃんの都合のいい時間を言うてよ」

「それじゃあ、今度の日曜日の午後一時に、阪急三宮駅の東口で待っています。話はその時に」

「おジイちゃんが聞いてあげるから、安心して」

一瞬、和子の声が途絶えた。

私は一瞬うろたえ、「もしもし、カズちゃん！」と声高に言った。

「これからはそんな言い方せんといてね。私はユキさんと対等と思ってるから」

「タイトウ？」

私はその言葉を味わうように、ゆっくりと呟いた。

「そうよ、対等なんよ。大ウソつきのタヌキ親父！」

「分かったよ、ウソつきのタヌキ姐さん」

和子は沈黙のうちにスマホを切った。

私は『対等』を反芻した。

しかし、次の瞬間、はるかに若い和子の言った『対等』を自分に都合よく誤解しているのだろうかという疑念が私の胸に生まれた。

翌日、朝食を済ませると、何度か足を運んだことがあるイタリアンレストランを予約した。リーズナブルでピザのマルゲリータは絶妙の味だ。

その日は寒く、首に赤と紺のストライプのアスコットタイを巻き、ブルーのシャツの上にあのセーターを着た。いつものブレザーに腕を通すと、着古したトレンチコートを羽織ってマンションを出た。

約束の時間までに、デパートの婦人服売場に寄ってから約束の場所に行った。

和子はすでに待っていた。

「待たせたか?」と和子に問いかけた。

「もう何十時間も経つから待ちきれなかった」

和子は虚ろな表情で私を見つめた。

私はその時「それは待たせたね」と言うことしかできなかった。

トレンチコートの前を開き、ブレザーの下のダークブルーのセーターを見せると、和子は私の姿を眺めながら言った。

「あら、似合ってるね。さっそく着てくれてうれしい。それに今日はちょっとお洒落してるね」

「ちょっと古くさいと思われるやろけど、ハリウッド・スターやからねえ」と私はふざけて応えたが、今日の和子は何か浮かない表情を見せた。

「今日は、イタリアンのレストランを予約しといたから。この北側なんや」

和子の表情は変わらなかった。

「カズちゃん、どうかしたんか?」

和子は頭を下げて応えた。

「ごめん。ユキさんの所為やないのよ。お店に行ってからお話しするから。予約してもらってありがとう。私が配慮せんとあかんのにごめんなさい」

店に入るとイタリア人のマスターが迎え、壁際の二人用のテーブルに案内した。

「私、この店のことを聞いたことがあるわ。特にマルゲリータが美味しいんでしょう」

「そうや。ランチコースはピザ、パスタ、メインディッシュ、それにドルチェとソフトドリンクまで付いて値段はリーズナブルなんや」

「そうなん。たのしみ」

和子は今日初めて笑みを浮かべた。

「今日は僕がご馳走するから」

和子は黙って頭を下げた。

その和子に、私はデパートの手提げ袋を差し出した。

「これ、この前のお返し」

「あら、そんなこと！」

和子は驚いた様子の中にも、満面に笑みをたたえた。

「かえってユキさんに迷惑かけてしまったみたいね」

「そんなことないよ。この前のプレゼントはほんまにうれしかった」

「開けていいかしら？」

私は照れを浮かべて応えた。

「勿論！　気に入ってもらえたら良いけど」

和子は包装紙をとって箱を開けた。

「あら！　うれしい。こんなベージュ色のカーディガンが欲しいと思ってたんよ。手触りが良いからカシミヤでしょ？」

「ブランドものやないけど、国産や」

「名前だけのブランドものよりこの方がずっと良いよ」と和子が言うと、二人は声を出して笑った。

いつもの和子の微笑みが戻っていた。

そこに、ウエイトレスが来ると、私はランチコースを二つ注文した。

ウエイトレスが立ち去ろうとしたとき、さらに声をかけた。

「それに、グラスワインでピノ・シャルドネを二つ」

和子の顔を見ると笑みを浮かべてうなずいた。

「ところで、話があると言うたけど。何でも聞くよ」

途端に、和子は不安な表情を浮かべ、恥じらいを交えて口を開いた。

「この前、会社の健康診断があって大腸癌検診で陽性反応が出たのよ。精密検査をするように結果通知書に記載されてた。まさか私がと思ってショックだった。何の自覚症状もないのに」

「へえ、そうなんか。自覚症状はないの？」

「それがないから余計にびっくりしたのよ」

「陽性反応が出たからというても、必ずしも病気やとは限らへんよ。僕は数年前にカズちゃんと同じで陽性反応が出てねえ。それで、大腸の内視鏡検査と治療で有名な垂水区の病院を予約したんや。内視鏡検査でポリープがあるのが判って切除した。そのポリープは病理検査の結果、良性やったんや」

「ほんまに良かったねえ」

そこにグラスワインがテーブルに置かれた。

私は手にしたグラスを和子の前に差し出した。

「あまり心配するなよ。とりあえず」

二つのグラスが小気味よく音を響かせた。

「医師の技量はピンからキリまであるから、あの病院で助かったと思ってる。自覚症状がないうちに早く良い病院で内視鏡検査を受けんとあかんよ。自覚症状を感じた時は、病魔がかなり進行してることを覚悟せんとあかんかもしれんから」

和子は不安な表情を浮かべた。

「そうやねえ。ありがとう。その病院に予約します。心配でねえ」

「最悪の場合でも、今は初期の段階やと思うから絶対治るよ。それに悪性とは限らんし、おまけに何かの原因で単なる出血があっただけかもわからんよ」

「そうなら良いねんけど」

「心配するなよ。神戸生まれのクラーク・ゲイブルがついてるから」

「ええ！　西部劇の悪役俳優かと思った」と言って、和子は笑顔を見せた。

「その方が正解かな？」と言って、私は笑みを返した。

料理が進み、ウエイトレスがやって来て、次はドルチェになるが飲物は何にするか尋ねた。

私は和子の顔を窺うように言った。

「カズちゃんは食後のレモンティーが好きやけど、ここのカプチーノは美味いから、どう？」

笑みの中でうなずいた。

ウエイトレスが立ち去ると和子は尋ねた。

「ここのカプチーノを飲んでから、好きになったの？」

「そうやねえ。ここのを飲むまでは飲んだことがなかったけど気に入ってねえ」

「誰とここに来たの？」

和子は悪戯っぽさの中に不安を交えて尋ねた。

「オードリー・ヘップバーンに似た美人の彼女と来たと言いたいとこやけど、会社の同期の親睦会で来たんや」

和子は何も言わずに平静のうちにうなずいた。そして、私を誘った。

「ねえ、ここから少し遠いけど、メリケンパークまで行かない？」

反対する理由などなかった。

カプチーノは二人の喉を優しく包んだ。

まもなく真冬を迎えようとする季節ではあったが、小春日和といっても良い中、メリケンパークまで歩きながら、二人は木の葉が織りなす季節の移ろいを楽しんだ。

そこは海辺だけに季節がら風が強く、その風が和子の髪をとかせた。

「寒いか？」と和子に顔を向けた。

和子は首を左右に振り、私の顔を見て言った。

「長い間、船に乗ってないから、港巡りの遊覧船に乗ってみたいんやけど、ユキさんどう」

「僕も久しぶりやからいいよ。お上りさんみたいやけど」

「気にすることないよ」と和子はたしなめるように言った。

チケットを買って乗船すると、冬場のためさすがに空いていた。

「上の甲板に行くか?」

和子は顔を向けて応えた。

「風が強いから客室の窓から海を見ましょ」

客室に入ると乗客はまばらで、窓際の席に座ることができた。

しばらくすると、船は桟橋を離れ港内の中海に進んでいった。

「やっぱり、海を見てると落ち着くなあ。海は良いよ」と私は呟くように言った。

「ほんとにねえ。嫌なことも忘れさせてくれるわね」

私は海を眺めながら話した。

「僕は人付き合いが下手やし、人嫌いが激しいから、元々友人は少ないんや。学生時代に親友を亡くして、それ以後は親友と言えるほどの奴には巡り会えなかった。現役当時に親しくしていた奴もいたけど、若くして病気で亡くなってねえ」

和子は私を見つめて聞き入った。

「実は、先日、親しくしてた男と交友関係がなくなってねえ。ちょっと寂しい思いをしたんや。今は全くの一人きりになったように感じてるよ」

「それは私も同じよ。性格はユキさんに似てるわ。時には寂しいと感じることがあるけど、それなりに生活していかないと仕方ないでしょ」

「寂しいからというて、気にくわん奴と嫌々付き合うのもどうかと思うしなあ」

私は和子の瞳が私の望むことを覚っているように感じた。そのことは錯覚でないことを願った。

和子はあえて話題を逸らせるように神戸の山並みに眼を向けた。

「海から山を見るのも素敵やねえ」

途端に、思い出したように私に尋ねた。

「ところで、ユキさん。大腸の内視鏡検査を受けたことがあると聞いたけど、どうやったの。痛いの？」

「そうやなあ。痛いというよりは苦しいという感じかなあ。大腸の中に内視鏡という異物が入ってくることやからなあ。何度かうめき声を上げることもあったよ」

「脅かさんといてよ、ユキさん。嫌やねえ、大腸に内視鏡を入れるなんて」

「恥ずかしがることはないよ。生きるために必要な臓器やから」

和子は顔を赤く染めながら言った。

「もうやめてよ、分かったから」

「苦痛が嫌で静脈麻酔を希望する人も多いよ。カズちゃんもそうしたら」

「そうする。明日、電話で予約するわ。その病院の電話番号教えて」と言うとスマホを取り出し、私が教えた番号をインプットした。

海と山の織りなす刹那の名画を見つめながら、和子はポツリと呟いた。

「こんな今がまた来るかしら？」

「何をアホなこと言うんや。弱気になるなよ。心配せんでもいいって」

しばらくして、遊覧船は元の桟橋に接岸した。

「どうやった、気は紛れた？」

「やっぱり海はいいよ。ユキさんに励まされたしスッキリした」

「寒うなったから、温かいもんでも飲みに行こうや」と誘うと、和子は大きくうなずいた。

海縁のホテルのカフェに入った。

私も和子も、珍しくホットチョコレートを注文した。

カップを手にしながら和子は口を開いた。

「ユキさんに言うのを忘れてたけど、大晦日から新年の三日まで上の姉の家に行くのよ。長い間会っていないから、姉に来るように言われたんよ」

「それは良かったやないか。楽しみやろ」

「それはそうなんやけどねえ……」と、和子は私を見つめた。

私はその眼差しを受け止めた。

黄昏を迎えていた。

夕陽が水面《みなも》に光の絨毯を煌めかせ、それが二人の顔を紅く染めた。

「そろそろ出ようか？」と私が和子に問いかけると、和子は私を見つめながら笑顔のない顔で頭を下げた。

それが何を語ろうとしたのか、今の私はそれを覚りたくなかった。

ホテルのカフェを出ると、私はタクシーを止め、和子を阪急三宮駅まで送った。

タクシーから降りると、和子は笑みを見せずに頭を下げて言った。

「今日は素敵なカーディガンを頂いたし、それに美味しいイタリアンをご馳走になって、ありがとうございました。うれしかった」

「僕も楽しかったよ」

「明日、あの病院に電話して、予約が取れたらユキさんに連絡します」

「分かった。予約は早いほうがいいよ。それじゃ、今日はこれで」

和子は笑みを見せず会釈して、改札口に向かって背を屈めて歩きだした。改札口の前でも振り返ることはなかった。その後ろ姿を見つめる私の胸に、すきま風がそよぐように感じた。

和子の真実の胸の内が知りたいという衝動にかられた。

和子とのことは今のままで良い。今以上のことは望むべきではないはずだ。そう自重しようとする己の姿に哀れみさえも感じた。

さんちかタウンで夕食を済ませてマンションに戻り、シーリングライトのスイッチを押すと、闇は消えても胸には霧が漂っていた。この霧を晴らす術は分かっているのだが。

入浴しベッドに潜っても煩悶は消えることはなく睡魔を遠ざけた。

翌日、レトルト食品で夕食を済ませ、浴室を出てパジャマに着替えたとき、スマホが鳴った。私は急いでスマホを手にした。

「ユキさん、こんな遅い時間にごめんね」

「そんなこと気にせんでもええ」

「昨日はありがとう」

「とんでもない、僕は楽しかったよ」

「それは私も。ところで、今日あの病院に電話したら、一月七日の十時に診察の予約が取れたんよ。内視鏡検査の前に外来での診察があるのよ」

「案外、早く取れたね」

「意外にね」

「その診察のときに内視鏡検査の予約ができるはずや」

「内視鏡検査が不安なんよ。静脈麻酔をしたら、検査後一時間ぐらいは病院で安静にせんとあかんらしいんよ。それでもしばらくは体がふらつくことがあるみたい」

「麻酔したらしかたないよ。内視鏡検査の日には僕がついて行くから」

「ほんとに?」と言う和子の声は弾んだ。

「ああ、ついて行くよ、安心して。経験者やし」

「ユキさん、ありがとう。迷惑かけるね」

「迷惑なことなんかないよ……」

静寂が流れた。その静寂は雄弁であるがごときものだった。

和子はいつもでない口調で話した。

「私、昨日話したように、三十一日から三日まで福岡の姉の家に行きます。帰ったら連絡しますから」

「了解、気を付けて行って。今日はもう深夜に近いし、体のこともあるから早く休んで」

「ありがとう。それでは」と言うと、和子はスマホを切った。

間近に控えた大晦日と元旦。

しかし、その日々というものは、ここ数年は変化のない侘しい三百六十五日の一部でしかなかった。

大晦日の夜、午前零時に例年どおり、港に停泊している船舶が一斉に汽笛を鳴らした。

その汽笛は単なる騒音でしかないと思うこともあったが、今年は心地よく耳に戯れ、和子の面影を運んできた。

元旦を迎えるといっても、例年は即席の雑煮の出汁に焼いた餅を浮かべ、せいぜい刻んだほうれん草と蒲鉾を入れ、空腹と侘しさを潤していたのだ。今年は変化が生じた。侘しさは消え煩悶が生まれた。

元旦は空虚な中で時間が流れた。テレビのスイッチを入れると、相変わらずの見るに堪えない正月番組というものが流れた。しかし、それは静寂を消し去ることには貢献した。

オープンカフェの側のデパートは二日が初売りで、例年、開店までに多くの客が威容を誇る門の前に集まっていた。今年もそれは変わらないだろう。

暇を持てあましていた私はそのデパートに足を運んだ。オープンカフェも営業していたので、帰路に立ち寄ろうと思った。

目当てはなかったものの、取りあえず紳士服売場に足を向けた。

ここ数年は、スーツは勿論のことズボンもシャツも買っていない。古着というわけではないが、クローゼットにあるものを着回している。そういえば、現役時代から服を買うのは希だった。サラリーマンの男なら私と同じはずだ。

特に、不景気になれば、まずは紳士服関係の売上が減少すると聞いたことがある。給料が増えない昨今ではさらに減少しているかもしれない。

売場をうろつくと、欲しいものは確かに目白押しだ。洒落たブルゾンやブレザー、福袋にも目を向けた。しかし、年金生活者の財布はそれらの値札から眼をそむけた。

特売コーナーで三足千円の靴下を買った。

昼食は何かで誤魔化せても、正月だけに夕食はまともなものを口にしたかったので、地下の食品売場に行って惣菜を買うことにした。

そこは普段以上に賑わいを見せていた。和洋菓子・パンなどの神戸の老舗の店舗は福袋をだし、惣菜店は当日売りのおせち料理の重箱を並べていて、いずれの店舗にも多くの客が押しかけていた。

せめて今日ぐらいは、おせちもどきの惣菜を買おうと思って物色していると、後ろから肩を叩かれた。和子でないことは分かっていた。不審の中で振り向いた。

良子だった。

「新年明けましておめでとう」と言う顔には笑みはなかった。

「やあ、おめでとう。しかし、驚いたで」

「私もよ。こんなとこでまた会うなんて。あなたが買物を済ませたら、ちょっと話さない？」

懇願するような表情があった。

私は煩わしいという思いを覚られないように答えた。

「ちょっとだけやったらなあ」

単身用の二段のお重を手にして、一階の東玄関の右にあるいつものオープンカフェに行った。勿論混んでいたが、幸いにも、すぐに二人席が空いたので急いで席に着いた。

ウエイトレスが来ると、私はカプチーノとウインナコーヒーを注文した。

良子は微かに笑みを浮かべて言った。

「覚えてくれてたんやね」

「それはそうと、この前と同じで不景気な顔してるなあ」

「実は、ちょっと前の検診で主人が重病なのが分かってねえ。今、入院中なんよ。心配でねえ」

私は無表情で尋ねた。

「そうか。歳はいくつなんや」

「今年で七十よ」

「年からしたら仕方ないと思うで。冷たく言うようやけど」

そこに注文したドリンクが置かれた。それを一口飲むと良子は口を開いた。

「できるなら私の方が先に死にたいと、つい最近まで思ってたんやけど、そうはいかないみたいなんよ」

「そうか、年を取ると色々あるなあ」

「毎日、入院先の病院に通ってるんやけど、最近、休日は義理の長男が私を車に乗せて病院まで行ってくれてねえ。必要なこと以外は口を開かないけど。これがきっかけで、と思ったりするのよ」

「それは期待が持てるよ。その長男は照れくさいこともあるから、話し合えるまで時間はかかると思うけど」

「そうなら、うれしい。そやけど、もしも主人が亡くなった後はどうなるんやろか。このままやったら、今住んでる家からは出るしかないように思うのよ。主人が亡くなった後まで、あの子たちが同居を望まへんやろし」

「別居した方がスッキリするんとちゃうか。義理という字は重たいで。簡単には除けられへんで」

　私は安易な慰めを言わなかった。

「私が一人住まいしたとして、私が死んだら誰が後始末してくれるんやろ。そやから私が主人より早く死にたいといつも思ってたんやけど、そうはいかへんみたい。世の中はままならないね」

　良子の沈んだ顔を見て、私が語りかけた。

「一人住まいした場合、君が自分の死んだときのことを心配するのは僕も同じじゃ。君はこの前にも同じようなこと言うたよ。ものすごい心配するのは分かるよ。これから高齢化が益々進んで、僕みたいな独居老人が増えていくよ。孤独死の遺体を放置できひんから、行政が処置せざるを得んようになるやろ。深刻な社会問題になるよ。今から官民一体になって真剣に考えとかなあかん重要問題や」

良子は沈痛な面持ちで耳を傾けた。

私は感情を押し隠して話した。

最近、なるようにしかならんと思うようになった。人間は森羅万象の一部だ。というか、この世の全てがそうなのだ。普段は意識していないが。私が死んで、例えば、野ざらしになって獣や虫たちに喰われても、肉と骨は喰った奴の体内に入って、そいつの肉や骨になる。その一部は排泄されて大地に残り、養分として草木に吸収される。火葬されても灰は大地や海に散在することになるだろう。それが動植物の中に入っていく。人間以外の動物も同じようなものだ。牛や豚や魚も同じように人間や他の動物に喰われて同じ循環を繰り返すのだ。

良子は寸時には共感できないと言わんばかりの表情を見せた。

私はかまうことなく続けた。

現存するものは姿・形は変わっても、いつまでも地球に、いや、宇宙に残存すると思うのだ。もちろん、意識も無く生物の態様も無いかもしれないが、何らかの物質として存在し続ける。こんなことを言うと、孤立無援の高齢者の奇想天外な自慰と軽蔑されるか分からない。しかし、そう思わないと生きてられるかと思うところがある。

「開き直るしかないのかなあ」と良子は呟いて俯いた。

「確かに哀れな開き直りかもしれんよ。しかし、世間に大きな迷惑をかけんように、せめて遺書を残しとかなあかんと思うよ。僕も近いうちに遺言を書いておこうと思う」

俯いたままの良子に、私は励ますように語りかけた。

さっき、別居した方がスッキリすると言ったが、車で病院まで行ってくれるということはかなり期待がもてる、きっと。たぶん、献身的な看病ぶりを見てのことだと思う。それが彼の心に響いたのだ。不安や不満があるかもしれないが、今あるものを安易に捨てたりしないほうがいい。諦めなければ、いつか喜べるようなことが起こることもあるかも分からない。そう期待したらどうか。幸せがやって来るかも分からない。希望を捨てるのはいつでもできる。

顔を上げた良子に尋ねた。

「ところで、その子が車に乗せてくれたとき、どうしてるんや」

「未だに、多少の気まずさとテレがあるから、何も言わずに頭を下げるだけやけど」

「それはどうかなあ。『ありがとう』と一つ言うだけで全然ちがうと思うよ。『ありがとう』とはっきり口に出すことは、閉ざされた心の扉をたたくことやないかと思う。扉をたたかんと扉は開かれることはないやないか」

良子は思わず私の顔を見つめた。

私は続けて言った。

「気持ちを口に出して言わんと相手に伝わらんやろ」

一瞬にして、私の脳裏に和子の面影が浮かんだ。

とっさに、カプチーノを口に含んだ。

「ほんまにそうやねえ。よく言ってくれたわ。ありがとう」と、良子は頭を下げた。

「その調子や」と応えると、良子にようやく笑みが浮かんだ。

「義理の子たちとのことは絶望的やないで。今の話を聞いたら幸せが近づいてきてくれているんとちがうか。ご主人のことはあるけど」

「そうやと良いけど。諦めないでもうちょっと辛抱してみます。ところで、あんたはどうなん？」

私は平静を装って答えた。

「どうこういうことはないよ。今までもこれからも、ただの独居老人や。そのうち息が絶えるやろけど、灰やチリやゴミになっても宇宙の何処かにへばりついてやるよ」

「一人でも強いんやねえ」

「いいや、開き直るしかないだけや。気を遣わなあかん人と一緒にいるよりは、一人の方が気楽というだけのことでね。そやけど、寂しいときもあるのが正直なところや」

「あなたらしいね。けど、体には気を付けないと」と、良子は私を気遣った。

そして、しみじみと語った。

「今日、あなたと話せて良かった。悲観的で突拍子も無いようで、自嘲的なところもあるけど、あなたの楽観的でない話が聞けて不思議と気持ちがスッキリしたわ」

「こっちはモヤモヤのままや」と私は微笑んだ。

カップに残っているカプチーノを飲み干した。

「そろそろ出ようか？」と声をかけると、良子はうなずいた。

レジに行って支払いを済ませると、良子は頭を下げて言った。

「ご馳走になっておきます。くれぐれも健康に気を付けて。それでは」

その表情は先程とは違っていた。

「ほんなら。ご主人を大事してあげて」と言うと、良子は会釈してトアロードを北に向かって歩きだした。

良子が『それでは、また』とは言わなかったことに、彼女の心の変化を見たように感じた。それで良かったのだ。私の胸の古い負荷が拭われたように感じた。

彼女の後ろ姿を見送ると、私はマンションに足を向けた。

ドアを開けると、いつもの暗い空間だけが私を迎えた。その中で、もしも和子が離れていくようなことになれば、という恐怖に襲われた。その時はきっと、この胸は孤独の矢に射抜かれるだろう。

第五章

一月三日の深夜、スマホが鳴った。

スマホに出ると和子の声が耳を撫でた。

「ユキさん、私。今、帰宅したところです」

「おめでとう」と言う私に、和子の怪訝な問いが返ってきた。

「え！　何が？」

「おいおい、今日は十二月やないで」

「あら！　そうや。明けましておめでとうございます。今年もよろしくお願いします」

「こちらこそ、よろしく」

和子は恐縮して言った。

「ごめんね。ここ数年、こんな挨拶は職場以外では交わしたことがなかったんよ」

「それはお互い様や。カズちゃんは久しぶりに姉さんの家でゆっくりできてよかったやろ」

「まあねえ」と和子は素っ気なく応えた。

「ところで、病院のことなんやけど、七日の外来受診のときは一人で行きます。内視鏡検査のときはお願いね。迷惑かけるけど」

「心配せんでも良いよ。その日は一日中付き添うから」

「ユキさん、ありがとう。七日に休暇を取るから六日まで忙しくて帰宅が遅くなると思うのよ。受診の結果は七日の午後には連絡できると思うから、よろしく」

「了解！」と勢いよく答えた。

「今日はもう遅いから、これで。ごめんね、明日から出勤やし」

「とにかく気を付けて。そうや、病院へはＪＲ垂水駅で降りてバスに乗ったら良いから。前に言うたかなあ」

「いいえ。でも、予約したときに病院の方が教えてくれたのよ。大丈夫よ」

「そうか。そんならまたね。おやすみ」

「おやすみ、ユキさん」

和子の声は侘しさを和らげた。

こんな私にでも頼ってくれる。そのことに喜びを感じた。

七日までは永くてならなかった。和子と出会う前の日常は遥か遠い過去の世界の存在であるかのごとく思えた。この今というものは幻想ではない。そのことが信じがたいものに思われたが、密かな歓喜が実存を実感させた。

七日の正午過ぎにスマホが鳴り響いた。

急いでスマホを手にした。

「私。外来診察が終わって、今病院にいます」

「そうか。今から病院を出たら五十分ぐらいでJR三ノ宮駅に着くと思うから、中央改札口で待ってる。カズちゃんはどうせ三ノ宮で阪急に乗り換えるやろ」

「分かりました。話はその時に。それじゃあ」と言って、和子はスマホを切った。

私はブレザーの上にハーフコートを羽織ったラフな身支度でマンションを出た。真冬の寒さが身に凍みた。

約束の場所で待っていると、不安な表情の和子が改札口を出てきた。

私を目にして近づくと、「わざわざ来てくれてありがとう」と言った。

「他人行儀なことを言うなよ」と、躊躇なく口にした。

「お腹が空いてるやろ。どこがいい？」と尋ねると、和子は不安な表情のままで答えた。

「あまり食欲がないのよ。軽いものがいいんやけど」

「それやったら、パンとコーヒーでもどう？」と問いかけると、和子は軽くうなずいた。

駅構内のパンの種類が豊富な店に入った。

私はトレーを取り、トングでハムサンドとアップルパイを乗せた。和子の顔をうかがうとフルーツサンドを指さした。

「他には？」と聞くと、「今は食欲がないから、それだけで」と答えた。

「ミルクティーでいいか？」と確かめると、微かな笑みを浮かべた。

「会計をしてくるから、どこか席を探して座っといて」

そう言うと、私はイート・インのカウンターでブレンド・コーヒーとミルクティーを注文して支払いを済ませた。

振り向くと、壁際の二人用テーブルに座っている和子を眼にした。

トレーをテーブルに置くと和子は尋ねた。

「カプチーノにしなかったの」

「飲むだけの時はそうなんやけど、何かを食べる時には普通のコーヒーにしてるよ」

和子は納得の表情を見せ、ミルクティーを一口飲むと語り始めた。

「内視鏡検査は十二日の十時に予約したんよ。ポリープがあれば切除して病理検査するらしいのよ。ポリープは良性のものと悪性のものがあるから、もしもと思うと心配」

私は笑みを繕って話しかけた。

「僕は医学には当然素人やけど、カズちゃんに何も自覚症状がないねんから、悪性であっても初期のステージやと思うよ」

「そうだといいねんけど」と言うと和子は俯いたが、すぐに顔を上げて訴えかけるように言った。

「大腸内視鏡検査は大腸の中をきれいに空にしておかないといけないから、当日は下剤液と水を交互に飲んで便が水のように綺麗にならないといけないみたいなんよ。何度もトイレに行かなあかんから嫌やなあ」

和子は顔をしかめた。

「それに、麻酔をするにしても体内に内視鏡を入れられるのは心配なんよ」

「そんなことぐらいどうってことないよ」

「他人事みたいに言わんといてよ」

「この薄汚い世の中には、そんなことよりももっと辛いことや苦しいことがなんぼでもあるやろ。カズちゃんは大変な目に遭ったと思うかしらんけど、しかし、特別なことやない。人生ってそんなもんや。苦しみや悲しみが全くない人生なんて無いように思うよ。とにかく、僕がついていくから心配するなよ」

　それでも、和子の表情は曇ったままだった。

　私はコメディアンのように、精一杯おどけて言った。

「万が一、万が一やけど、ガンであったとしても、僕がピストルでやっつけてやるよ」

「そんなことでは絶対にあかんのよ！　マシンガンでやっつけて！」

　和子に私が待っていた笑みが現れた。

「その調子や、カズちゃん」

「ユキさん、本当にありがとう。ちょっとは気分が楽になったわ」

「それはよかった。ということで、食べようよ。ここには何回か来たことがあるけど、パンはなかなか美味しいよ」

　和子は笑みの中で、フルーツサンドを手にした。

「ほんと、美味しい」と言った途端、和子は瞳を濡らし俯いた。

私は無言でコーヒーを口にした。

沈黙が続く中で、和子が口を開いた。

「ユキさんは、寂しいときはどうしてるの？」

「一人の生活に慣れたけど、正直なところ寂しいときもあるよ。そんな時は音楽を聴いたりするけど」

「何が好きなん？」

「気に入ったらジャンルを問わんけど。クラシックならブラームスとベートーヴェンが好きでねえ。心が折れそうになったときには、ブラームスの交響曲第一番かベートーヴェンの第五番を聴くことにしてる」

「ベートーヴェンの第五番は『運命』としてポピュラーやから、クラシックにうとい私も知ってるけど、ブラームスの第一番は知らないんよ。恥ずかしいけど」

「僕が好みというだけのことで、知らんかっても恥ずかしないよ。第一楽章の冒頭はティンパニーが鳴り響いて、何かに立ち向かっていくようなものを感じるんや。ブラームスは四つの交響曲を作曲したけど全てが傑作でねえ」

「ブラームスに詳しいんやねえ」

「そんなことはないけど好きなんは確かや。草花が芽吹く春には第二番、色に染まった木の葉が枝を離れて舞い降りて大地を敷きつめる秋には第三番を、厳しい冬には第一番と第四番が似合うと思ってる。僕は夏という季節は好きになれへんからイメージが湧かんけど」

　和子は悪戯っぽく言った。

「ロマンチストなんや、ユキさんは。厳ついその顔に似合わず」

「厳つい顔で悪かったねえ！」

　和子は私の眼をじっと見つめながら言った。

「こんな冗談が言えて、ホッとする」

　その視線を受けながら私は語りだした。

「ブラームスの交響曲も良いけど、弦楽六重奏曲第一番も良くてねえ、特に第二楽章が素晴らしいんや。彼は静かにではあっても、確かな慕情を謡いあげているように思う。僕の錯覚とは思われへん」

「そうなんや。誰にたいする思いなん？」

　私はその問いにはあえて答えなかった。

「何かでさがしてごらん。人間味あふれるブラームスが興味深いよ」

「分かったわ。それよりも、一度聴いてみたいと思うのよ。ユキさん、今度ＣＤを貸してくれる？」

「もちろん」

「ありがとう」と言うと、和子は再び顔を曇らせた。

「明日からまた忙しくなって帰宅するのが遅くなるんよ。けど、検査の前の日には私から電話するから」

「分かった。夜遅かっても僕はいいから、何かあったら何時電話して貰ってもいいよ」

「すみません」

しばらくしてカフェを出ると、いつものように別れた。それが二人の習わしであるかのように。

翌日から和子の姿も声もない日々が始まったが、以前のように胸に霞がかかっているようなわけではなく、陽が差しこめるのを感じていた。十一日を待ちわびた。

その日、例のごとくレトルト食品の夕食を済ませ、コーヒーを楽しんでいるときにスマホが鳴った。

スマホを手にすると、和子が話す前に私が声を出した。

「僕や。久しぶりやねえ」

「そんな大げさな」

和子は冗談と受け取ったようだった。

「明日のことやけど、内視鏡検査は十時に始まる予定やから、事前検査のこともあって九時前には病院に行っておく必要があるのよ。ユキさん大丈夫？」

「もちろん。僕はＪＲ元町から電車に乗るけど、カズちゃんは阪急の六甲から乗って三宮でＪＲに乗り換えることになるやろ。そやから、ＪＲ垂水で八時半に待ち合わせしょうよ」

「すみません。それで良いです」

「そこからバスが出てるけど、時間が掛かるかもしれんからタクシーで行こうや」

「分かりました。よろしくね……」と和子が応えると、僅かに沈黙が流れた。

私はすかさず励ますように言った。

「ほんなら、明日。カズちゃん、心配するなよ」

「ありがとう。それでは……」と言うとスマホが切れた。私には和子が見えていた。

翌朝、元町から快速電車に乗ると、通勤客とは逆方向になるので余裕をもって座ることができた。須磨までは市街地を走るが、そこを過ぎると塩屋までは全くの海沿いを走る。この区間の車窓からの景色はいつも私を忘我の世界に引き込んだ。

垂水で下車し、改札口を出るとすぐに和子が眼に入った。

和子は近づいてくると頭を下げて言った。

「おはよう。ありがとう」

私は笑みを作った。

「気にせんでもいいよ。タクシー乗場に行こう」

和子は数時間後の未体験のものに、不安を覗かせた表情を見せていた。

意外にも、すぐにタクシーに乗ることができた。行き先を告げると十五分ほどで病院に着いた。

タクシーのドアが開くと、和子は素早く五千円札を運転手に差し出し、「ユキさん、先に降りてちょうだい」と私を促した。

お釣りを受け取ってタクシーから出てくる和子に、「払うつもりやったのに」と言った。

和子は不安な表情のままに応えた。

「何を言うのよ。ユキさんについてきて貰ったのに」

受診受付窓口に行って予約表を出すと、先に血液検査のための採血をするので検査室に行くよう指示された。和子の顔は強ばった。

「大丈夫。内視鏡検査の前には血液検査はするよ」

和子はゆっくりとうなずいた。

採血から戻ってくると、強ばった顔のまま内視鏡検査受付カウンターに行った。すでに二人が前のソファに座っていた。

和子が所定の書類を出すと看護師は尋ねた。

「静脈麻酔を希望されているんですね」

「はい」と和子が緊張した面持ちで答えた。

「検査が終わってから麻酔が覚めるまで、一時間ほどリカバリールームで安静にしていて貰います。今日はふらつくことがあるかもしれないので、気を付けてください。車の運転はひかえてください」

看護師は和子の側にいる私に声をかけた。

「付き添いの方ですね」

私は咄嗟に次の質問に対する答えを用意した。

「お父さんですか？」

「いいえ、伯父です」

和子は驚いたように私を一瞥した。

看護師は素っ気なく言った。

「検査が終わってからしばらくは気を付けてください。ソファでお待ちください」

ソファに座ると冷たい時間が流れた。

あのように答えたことに敢えて言い訳しなかった。

和子は無言で俯いたままでいた。

しばらくすると、下剤薬液を持って看護師がやってきて服用の説明を始めた。

説明が終わると、私は受診する人の邪魔にならないように応接コーナーのソファに座っているので、何かあったら呼ぶように告げた。

和子は不安な表情の中で会釈した。

私は応接コーナーから何度もトイレに入る和子を目にしたが、不安に包まれた表情は変わらなかった。

二時間近く過ぎた頃、和子は看護師にかの状態を報告すると私の方に顔を向けた。

私が検査室の前のソファに行くと、和子は、

「もうすぐ呼ばれるみたい」と言って、私の顔を見た。

「大丈夫。心配せんでも」

和子は緊張を露わにしてうなずいた。

すぐに呼ばれた。

私が笑みの中で、「あの応接コーナーにいるから」と告げると、和子は強ばった表情のまま頭を下げ検査室に入っていった。

応接コーナーのソファに戻ると、『お父さんですか？』が脳裏に響いた。当然と言えば当然なのだ。しかし、実際に言われると心に刃をうけた。その傷痕は執拗に残り、胸の奥底でくすぶっている煩悶を揺り動かした。

時間の歩みは全く緩慢だった。

私はそれに耐えかねて、玄関前の自動販売機で缶コーヒーを買って戻ると、コーヒーを喉に流した。それはコーヒーとは到底感じられなかった。

入室してから一時間半ほどして和子が出てきた。私が近付くと虚ろな表情で、「担当医師からの説明があるみたい」と言った。

私はふらつき気味の和子を介添えしてソファに座らせると、「大丈夫なんか？」と尋ねた。和子はゆっくりと首を縦に振った。

しばらくして、検査室の向かいの面談室に入るよう看護師に指示された。

すぐに、担当医がやってきて説明を始めた。

小豆程度の大きさのポリープが二つ発見され、二つとも切除した。放置すると癌化する腺腫なのか、非腫瘍性の良性のポリープなのかは病理検査の結果を見ないと判明しない。結果は二週間後の二十六日に外来で説明するとのことだった。今日は、後出血の予防のため、激しい運動や飲酒を控えるよう指示された。

面談室を出ると、和子は顔を曇らせてつぶやいた。

「まだ二週間ほど心配が続くんやねえ」

会計を済ませ玄関に出ると、バスの時刻表が提示されていて、あと五分ほどで病院前の停留所にやってくることが分かった。

「タクシーを呼ぶにしても時間が掛かるかも分からんし、バスで垂水駅まで行こうか？」

「そうしましょ。気分はさえないけど、朝から何も食べてないからお腹がすいたわ」

私は笑みを整えて言った。

「そらそうやろ。駅の周りには飲食店も多いから、美味しいもんでも食べようよ」

二十分そこそこで駅に着くと、おぼつかない足取りでバスから降りた。

「まだちょっと体調が戻ってない感じやねえ。気をつけんと」と私が気遣った。

「神戸のクラーク・ゲイブルが側にいるから大丈夫よ」と言う和子の顔に、ようやく笑みが浮かんだ。

「ところで、何を食べたい？」

「あっさりしたものが良いから、お寿司にしたいのよ」

「ここは漁港に近いし、美味しい寿司屋もあるよ」と、私は笑みで応えた。

私たちはバスターミナル近くの寿司店に入った。

メニューから選ぶのが煩わしく思い定食を注文した。にぎり寿司の盛り合わせに茶碗蒸しと、デザートに和菓子がついていた。

テーブルに並べられると、和子は顔をほころばせた。

「美味しそうね」と言うと、即座に、「今日のお礼に私にご馳走させてね」と私の顔を窺った。

「お礼なんて水くさいなあ。そんなこと言われたくないねえ」

私が和子の顔を見ると、表情に戸惑いが生じているのを感じた。

私は急いで応えた。

「まあ、今日はセレブにご馳走させてもらうよ」

食事を済ませると、私は和子に忠告した。

「大事を取って、今日は早く帰宅してゆっくり休んだ方がええよ」

和子は納得の表情でうなずいた。

快速電車に乗ると、平日の午後のためか空席が目立った。二人席に座ると、和子は背もたれに頭を付け憂鬱そうに話した。

「二十六日には、また年次休暇を取らないといけないから、上司に何か言われそうで気が重いなあ」

「何を言われても気にするなよ。会社の健康診断の結果で受診するんやから。元町に着いたら起こしてあげるから安心して休んで」

和子はうなずいて目を閉じた。

塩屋を過ぎ須磨までの海の景色を楽しんでいると、和子が私の肩に頭を乗せた。思わず和子の顔を見た。眼を閉じていた。

永くは見つめられなかった。

睡魔がそうさせたのだろう。そう自分に言い聞かせた。

元町の手前で和子は目を開き、私の肩から頭を上げた。

「もうすぐね。今日はありがとう。明日は仕事やし、家でゆっくり休みます」

「大丈夫やと思うけど気を付けてな。何かあったらいつでも連絡して。次の三ノ宮で阪急電車に乗り換えるんやで」

「大丈夫。それ位は分かっています。ありがとう」

和子はいつもの顔を喪失したように虚ろに応えた。

「やっぱり心配やから、僕も三ノ宮で降りてカズちゃんを阪急に乗り換えさせてあげるから」

私の言葉を耳にすると、和子は眼を見開いて私を見つめた。

ＪＲを降り、阪急の改札口に向かったが、和子の足どりには不安定なものがあった。改札口を通ってプラットホームに立つと、和子は俯いたままで呟くように口にした。

「ユキさん……」

そこに、プラットホームに近づいてきた大阪行普通電車の車輪の音が和子の次の言葉を打ち消した。和子は私に眼差しを向けるだけだった。

ドアが開くと和子は躊躇するような素振りを見せたが、ゆっくりと電車に歩を進め、プラットホームが見えるところに腰を落とした。

車窓越しに和子の顔を見ると和子は深く頭を下げた。電車が動き出すと顔を動かせて私を見つめた。

私は小さくなっていく電車を見送った。

苦悶の世界の扉が大きく開かれ、足を踏み入れたことを感じざるを得なかった。

マンションのドアを開けリビングに入ると、カーテンは白いままであり、最早明るさを無くしていた。冬の黄昏は早い。

うんざりするレトルト食品の夕食を済ませ、ソファに座ってコーヒーを楽しんでいるとスマホが鳴った。手に取るとすぐになじんだ声が耳に入った。

「今日はありがとう。ユキさんに付き添って貰って心強かったわ」

「そうか。僕こそご馳走になって申し訳ないと思ってるんや」

「何を言うのよ。そんなことより、二十六日まで苦痛なんよ。もしもと思うとねえ」

「今更どうしようもないよ。年齢に関係なく病気になる時は病気になるよ。仕方ないよ。今、カズちゃんは自分でどうにもできひんやん。どうにもならへんことで悩むことはないよ。なったらなったで全力で戦うしかない。生きていく為には覚悟がいるよ。それに希望もね。しっかりせんと」

「そうか。確かにねえ。その時はその時なんや」

「これは気休めで言うんやない。担当医の説明では、小豆ぐらいのポリープやったらしいし、これといった自覚症状もないから、最悪の場合でも初期のステージのもんやと思う。多分、転移もないと思う」

「そうやといいんやけど」

「医学の素人の話やけどなあ。僕の経験からしたらのことや。癌は怖くはないという医師もおるけど、そう言うには条件があると思う。早期発見の場合に限るということや。そうでない場合はやっぱり侮られへん病気や。カズちゃんの場合は早期発見やから良いけど。まあ、今は腹をくくって待つしかないよ」

「ありがとう。不安を口に出せてよかった。死に直面してというと大げさやけど、初めて生きていることを実感したように思うのよ」

「大抵の人はそんなもんとちがうかなあ。普段は生きているということ自体を実感してないから、生きていることの喜びを認識してへんと思う」

「ほんとにねえ。私みたいに死に直面して初めて生というものを認識するんやろね」

「何か重い話になったけど、とにかく今日は早く寝た方がええよ。肉体的にも精神的にも疲れたと思うから」

「そうなんよ。また、連絡します。おやすみなさい」

「おやすみ」と返すとスマホは切れた。

和子には大丈夫とは言っているものの、和子は若く、悪性の場合には進行が早いことが懸念される。不安をぬぐい去ることはできなかった。

万が一にも和子を失うことになればと思うと私の胸に恐怖が走った。

風呂に入りベッドにもぐり込むと、和子の顔が浮かんだが、途端に、『お父さんですか？』が脳裏に踊り出て動悸が生じた。睡魔は遠ざかった。

翌朝の目覚めは容易ではなかった。

遅い朝食を済ませ、ソファに座って新聞に目を通した。そこに和子の面影が浮かぶ。

今、和子の真実の心を確かめるほどの勇気を持ち合わせていない。

このままでいいのだろうか。和子は今のままで充足されているのか。それとも、私が誤認しているかもしれない『対等』を望んでいるのか。

いや、どこにも止まり木のない和子の孤独が安らぎを求めて、やむを得ず高齢の私の梢に留まって羽を休めているだけなのだろうか。

私はそれでもいいと思うのだ。和子とめぐり逢う前の孤独の海に漂いたくはない。和子との絆を保ちたいと願う。いや、和子を私だけの和子にしたいという願望の炎が私の胸に燃えているのを知っている。

途端に、それは和子の幸せのためではなく、自身のために和子を束縛しようとする高齢の私の浅ましいエゴでしかないはずだという疑念が生まれた。

しかし、どうあろうと心から和子の健康を祈ろう、如何なることがあっても和子を支えていこうと誓った。

私の煩悶は尽きることがない。

私はいたたまれない思いを断ち切るように、ブルゾンを羽織ってマンションを出た。

北風が嘲る中をあのオープンカフェに足を向けた。

季節がら道路沿いの席は空いていた。座るとすぐにカプチーノを注文した。

この辺りは今日も適度の賑わいがあり、その様子を眺めていると現実とは乖離した虚ろな空間が胸の中に生まれた。

一口のカプチーノが癒やしたのは喉だけではなかった。

正午近くまでいたが、三宮まで足を伸ばし、さんちかタウンのラーメン屋で空腹を満たした。

このまま帰宅する気にもなれず、旧居留地の博物館に足を向けた。幸いにも、常設展を開いており、数時間を過ごすことができた。

博物館を出ると煩わしくも夕食のことが頭をよぎり、デパ地下に惣菜を求めた。昼夜共の外食は耐え難きものであったのだ。

マンションに戻ると、久しぶりに炊飯にとりかかった。

夜のとばりが降りる頃、いつもどおりの一人の夕食をとろうとしたが、耐え難き静寂の中でテレビのリモコンのスイッチを押した。

ニュース番組が入ったが、その内容を知覚する必要はなく、静寂を破ってくれればそれでよかった。

夕食を済ませると和子の声を聞きたい衝動に駆られ、テーブルに置いているスマホを手にしたが、あの言葉がためらいをもたらせテーブルに戻した。

その後の三日間は、和子から音沙汰はなかった。多忙と聞いていたが、不安が過るのを禁じ得なかった。

四日目の夜、外食を済ませて帰宅した途端、ブルゾンのポケットに入れているスマホが鳴った。

はやる気持ちを抑えながらスマホを取り出した。

「私。しばらく連絡しなくてごめんね」

「アホ、バカ、ブス！」と私は冗談のつもりで応えた。

和子は戸惑う様子で言った。

「そんな怒らないで。謝ってるでしょ」

「何言うてるんや。冗談に決まってるやろ。カズちゃんの声が聞けてほっとしたよ」

と私は返した。

「本気かと思った。新年になってから忙しいんよ。仕事中は電話できないし、帰宅するのが遅いから、電話できなかったんよ」

「分かってるって。別に気にしてないから」

私は偽りの言葉を発したことに自嘲した。

「体調は変わりないか？」

「まったく変わらへんのよ。けど、それが不安なこともあるのよ。もしものことがあったらと思うと心配でねえ」と和子の沈んだ声がした。

「美人薄命というから大丈夫」

「なによ！　ブスで悪かったねえ！」

「ごめん。ついほんまのことを言うてしもた」

和子の笑い声が耳に入った。

「悪い冗談やった。謝るよ」

「謝らなくていい、分かってるから。ユキさんとしかこんな冗談が言えないんよ。気分がスッキリした。今度の日曜日は何とかなりそうやからランチでも付き合ってくれる？」

私の心が躍ったが、茶化して応えた。

「そうやなあ。考えとくよ」

「アホ、バカ、ブス！　そんなら、十一時にJR三ノ宮駅の改札口で」と和子は声を弾ませた。

「了解。もう遅いから早く休んで。そうや、その時にあのＣＤを渡すよ」

「ありがとう。ウソつきのタヌキ親父！」

和子は笑った。

「何やて！　当たってるだけに腹がたつなあ。まあ、冗談は置いといて、気を付けてな。おやすみ」

和子の「おやすみなさい」と返す声が、胸にそよ風を呼んだ。

今夜は睡魔を招き入れそうだった。

翌日から、またも空白の時間を埋めることに苦慮する日々が始まった。

以前の私には、それは死に向かっての彷徨であるかのごときものかもしれなかった。しかし、和子の存在が現在を過去のものとは異次元の時空へと飛翔させた。それは永遠なのか、刹那なのか、不安が過る中で私は思慮を拒絶した。

和子から多忙と聞いていたとはいえ、連絡がないことに焦燥と寂寥を感じざるを得なかった。

ようやく、日曜日を迎えた。

いつもの場所に行くと和子は未だ来ていなかった。改札口の前から辺りをしばらく眺めていると、近づいてくる和子が眼に入った。

和子は私に気づいたが笑みは無かった。

「待たせたね。ごめんね」と言って和子は頭を下げた。

「台詞を忘れて困ってるブスの脇役女優みたいな顔をするなよ！」と言うと、和子は私の期待に反して、「ほんとやねえ」と言って不安を湛えた表情を変えることはなかった。

「今日は、国際会館の屋上にあるレストランに行こうと思うんやけど」

和子は笑みのない顔で応えた。

「隣にシネマコンプレックスがあるところでしょ。行ったことがないし、良いよ」

さんちかタウンに下りて国際会館の地下一階まで歩き、そこからエレベーターに乗った。

人混みの中で私たちは言葉を交わさなかった。

レストランに行くと、正午には少し間があったのか、幸運にもテーブルが一つ空いていた。ウエイトレスに案内されて席に着くと和子が口を開いた。

「私、気が小さいのか、やっぱり不安なんよ」

「体はドデカイのに！」

「まあ！　失礼な、ユキさん」

　和子はようやく慣れ親しんだ笑い顔を見せた。

「その調子、その調子」と私は笑みで応えた。

「ところで、何にする？　メニューは来てないけど、無難にコースランチにするか」

　和子は「ユキさんに任せるわ」と応えた。

　テーブルに立てかけてあるランチのリーフレットを見ると、それにはスープ・サラダ・メインディッシュ・パン、そしてソフトドリンクが付いていた。

　ウエイトレスが来たので、私は今の和子にはあっさりとした魚料理がいいと思い、メインディッシュの魚料理は何かと尋ねた。鯛のムニエルということだった。和子の顔を窺うと、和子は大きくうなずいた。

　私はそれを二つとソフトドリンクはコーヒーとレモンティーを注文した。その私に和子は微笑んだ。

　ウエイトレスが立ち去ると和子が口を開いた。

「ユキさんに叱られるかも知れんけど、やっぱり心配で寝つきが悪いんよ」

「確かに、最近、女性に大腸癌が多いみたいや。食事が欧米風になって肉料理が多なったことも無関係や無いらしい。前にも言うたように、もしもという場合でも初期のステージやと思うよ。素人考えやけど、あんまり心配せんでもええよ」

「そうとは思うねんけど。ユキさんがいてくれて、しかも、しょうもないけど冗談も言ってくれて、私はホッとするんよ」

「ホット？　レモンティーのくせに」

「ほらほら、それなんよ」と和子に笑みがこぼれた。

「嫌な奴や気に食わん奴には冗談は言わへんよ」と私が言うと、和子は気恥ずかしくなるほど私を見つめた。

その時、スープがテーブルに置かれた。

「とにかく、ランチを楽しもうや」と言う私に、和子は微笑んだ。

スープをスプーンで口に運び、「おいしいわ」と言ったそのときの和子には不安は影を潜めていた。

メインディッシュがくると私が口を開いた。

「魚を食べるのは、ほとんどが外食のときでねえ。これはおいしいなあ。カズちゃんは嫌いなもんがあるの？」

途端に、和子は私に今までに見せたことの無い鋭い眼差しを向けた。

「余計な良識のある人」

私は内心その眼差しに狼狽し、動悸が胸を打ったが、平静を装って作り笑いで誤魔化した。ナイフとフォークをせわしく動かせた。

和子に笑みはなく、自身の発した言葉に戸惑うような表情を見せていた。

食事が済むとドリンクが出されたが、未だに僅かながらも動悸を感じていた。

和子は「おいしかったね」と言うと、レモンティーを口にした。平静を装うように。

私は「ほんまに」と素っ気なく応えると、上着のポケットに手を入れた。

「そうそう、約束のCDを渡すのを忘れてた」

CDを差し出すと、呟くように言った。

「ブラームスはいろいろあったみたいやけど、クララ・シューマンとは魂で結ばれてたんやねえ」

和子は伏し目がちに受け取ると、憧憬するような面持ちを見せた。

それを私の思い過ごしではないと感じた。

「ランチを付き合ってくれてありがとう。今日はワリカンでね」と、和子は私の顔を窺った。

「そう言うなよ。懐が寂しい時は正直に言うから、今日は」と応えた。

レストランを出ると、「映画でも観るか？」と尋ねた。

「今、観たい映画が無いから、散歩がてらに元町の方まで歩かない？」

「元町は僕の庭みたいなもんやから、気が進まんよ」

「ユキさんのマンションは元町から近いから、今度、ユキさんのマンションに遊びにいこうかなあ」と照れを交えて、しかし、私の顔をじっと見つめて言った。

私の胸は激しく波打った。覚られたくない。

咄嗟に、はぐらかそうと思い口を開いた。

「新幹線新神戸駅からロープウエイに乗って布引の頂上のハーブ園に行かへんか?」

余りにも唐突だと覚った。

「そうやね。天気も良いし。長い間乗ってないのよ。そうしましょ」

まるで、先程の言葉がなかったかのように、屈託なく応えた和子に戸惑いを感じた。しかし、そう言ったのは和子の照れ隠しかも知れないとも思ったのだ。

エレベーターで地下一階まで下り、さんちかタウンを通って市営地下鉄三宮駅に行き、新神戸駅まで乗車した。

新神戸駅からロープウエイの乗場まで、とりとめの無い会話を交わしながら歩いたが、若いカップルが多いことに私は気が引ける思いがした。

ロープウエイの乗場で順番がくるまで落ち着かなかったが、ゴンドラが近づくと平静を取り戻した。

私は「僕は海側に座るから、カズちゃんは山側に座って。海が見えるから」と言って、和子をゴンドラに乗せた。

そこは、初めての二人だけの世界だった。

昂揚がもたらす沈黙が支配する空間で、私は差し障りの無い言葉を模索した。

「今日は海が綺麗に見えるやろ」

私は胸の微かな震えを感じた。

「ほんとに綺麗よ。ユキさんも振り向いて見てごらん」と言う和子の表情は、いつもと変わりが無いように思われた。

私は微かな失望を覚える中で応えた。

「頂上に着いたらゆっくり見るよ」

やがて、ハーブ園山頂駅に着いてゴンドラを降りると、眼の前は展望プラザで賑わいを見せていた。家族連れや高齢者のグループも多くいた。若いカップルだけではないことで、私の気恥ずかしさは薄らいだ。

私は和子に顔を向けた。

「天気も良いし、南のガーデンテラスまで歩こうか?」

「そうやねえ。途中にハーブミュージアムもあるし、グラスハウスもあったと思うのよ」

私はいぶかしげに尋ねた。

「グラスハウスて何？」

「ガラス張りの温室よ。ここは大きかったと思うよ」

「そうなんか。いろんなワイングラスやシャンパングラスが展示されてるんかと思ったよ」

「またふざけて！　分かってるくせに」

和子は声を出して笑い出した。

展望プラザから南に下って歩いて行くと、ほのかにミントやラベンダーの香りが漂ってきた。

「良い香りがするわ」

人と行き交う中で、何気ない言葉にも気恥ずかしさを感じた。

ハーブミュージアムを散策してグラスハウスに入ると、多くの種類の熱帯植物が整然と植えられていた。さすがに冬季なので花は少なかったが、それでもいくつかの花は鮮やかな色彩で媚を見せていた。

グラスハウスを出るとガーデンテラスだった。その下の急峻な山肌の先には神戸の街並みと碧く煌めく海が広がっていた。

私たちは運良く空いていたベンチに座った。その前を遮るものは何も無かった。

「やっぱり、素晴らしい景色やねえ。何か癒やされるものを感じるわ」

和子はうっとりとした表情で眺め続けた。

途端に、顔を曇らせて口を開いた。

「私、病気以外にも悩みがあるのよ」

私は和子に顔を向けた。

「私が年次休暇を申請するたびに上司に嫌味を言われるのよ。この前は退職しろと言わんばかりのことを口にされて、ほんまに腹が立ったわ。社内にはこんな管理職ばっかりやないけど」

「休暇を取りづらくするのは会社の方針かも知れんなあ。それに昔は、女性社員が一定の年齢になったら、無言の圧力で退職せざるを得ないように仕向けられることがあったみたいや。酷い場合には、まだ結婚しないのかと嫌味を言われることもあったらしい。結婚イコール退職という厳格な不文律があったうえのことでね。それで、体裁が悪くなることもあって、結婚すると偽って退職した女性社員が少なくなかったらしいよ。たとえ有能な女性社員に対しても、女性というだけでねえ。今でもあるのかも分からんなあ」

「私も聞いたことがあるのよ」

「企業は存続していくために、利潤追求が第一義なんは仕方ないところはあるけど、人材を尊重せんと企業にはマイナスのはずや。特に、優秀な人材は希少価値があるよ。企業存続のためには不可欠なんや。女性というだけで有能な社員まで冷遇するんは愚の骨頂や」

「そうだと思うけどね」

呟くように言って、和子は俯いた。

私は和子を励ますように話した。

上司の言うことは気にすることはない。前にも同じように言ったと思うが、無視すればいい。法律上はあり得ないことだから、何かあったとしても上司や会社には絶対に勝てる。ただし、その上司の嫌味やいじめを覚悟せざるを得ない。しかも、職場の誰も味方になってくれる人はいないだろう。この人間の世の中は、どこに行っても同じようなことがある。命に関わるようなことがなければ、今の職場で辛抱することだ。和子なら退職しても再就職できると思うが。和子の話を聞いただけでも、改めて、生きていくのは楽ではないとつくづく思う。

「そうやねえ」と言って、和子は私に顔を向け、沈んだ声で話した。

「それから、私は今の仕事に向いてへんと思うんよ。それに好きでもないし。今更、退職して新しい就職先を見つけるのは大変やろけど」

「カズちゃんは仕事のことで苦しんでると言うけど、給料は苦痛の対価だと言った経済学者がいた。皆生きるために嫌な仕事でもせんと仕方ないからしてるんや。僕も気に入った仕事をしてきたわけやない。始末の悪いことに、その仕事と心中したというか、心中させられたようなとこがあるんや。けど、今思うと、その仕事以外のことに生きがいを見つけることが重要なんやったと後悔してる」

和子は真摯に聞くと大きくうなずいた。

「生きていくということは、やっぱり楽なことやないんやねえ。また、ユキさんに率直に言ってもらってスッキリした」

「海を眺めていると、苦しいことや嫌なことがあっても忘我の世界に浸ることができる。それが新しい精気を与えてくれる。そう思うんや。僕の独りよがりかも知れんけど」

「そんなことないって。ユキさん、私も同じなんよ」

私は声を落として呟いた。

「これから先のこの独居老人はどうなるんかなあ。正直なところ、やっぱり不安があるよ」

和子は瞳を凝らして私を見つめて言った。

「私もユキさんと同じようなものよ。遠くないうちに私も独居老人になるんよ。けど、ユキさんには……」

私は直ぐさま和子の目線を避けた。息苦しささえも感じた。

強ばった表情のまま言葉が出ない私はいたたまれず、再び海に眼を向けた。

和子は私に『対等』を求めていることを確かに覚った。

しかし、和子の行く先の幸せを考えると、私は和子から去るべき時期が訪れているように実感した。この惰性のまま過ごせば和子との別離を決断し難くなる。決断は今なのだ。

酷い決断の意志が私の胸を刺す。

しかし、検査の結果が出るまでは和子を支えていこうと思うのだ。

穏やかな陽につつまれる中で、私の苦悶はうごめく。

下りのロープウエイの中で、和子は「ユキさん……」と言うと、さらに言葉を続けようとした。

私は即刻、窓から見える景色のことをまくし立てるように話し続け、和子の言葉を残酷に打ち消した。和子は俯くだけだった。

地下鉄に乗り、三宮に着くまで二人に言葉は無かった。

改札口を出ると、和子は憂いを浮かべた顔で告げた。

「ユキさん、悪いけど今日はこれで失礼します」

「分かった」と応えた私の顔にも笑みは無かった。

和子は低い声で告げた。

「外来受診日の前の日には連絡するから」

和子は会釈すると、すぐに振り向いて阪急電車の改札口に向かって歩き出した。

和子は振り返ることはなかった。屈んだ背中は雄弁だった。

和子の方から別離を告げられるかも知れないことを危惧したが、むしろ、それを望みさえした。

すぐに帰宅する気にはなれず、いつものオープンカフェに足を向けた。

日曜日で空席は無かった。しばらく待っているとレジに近いテーブルが空き、素早く席に着いた。いつものものを注文したが味は無かった。いつもは周りの落ち着きのある賑わいを眺めていると気が紛れたが、今は和子の顔が浮かんだまま消えることは無かった。

　悶々とした中で席を立つと、デパ地下で惣菜を物色して帰宅した。

　二十五日の夜、外食を済ませて帰宅してすぐにスマホが鳴った。

「私、和子」

「カズちゃんからしか電話はかからんから、言わんでもええよ」

　一瞬、和子が時を止めた。

「明日は一人でも大丈夫と思うねんけど、ユキさんどうかなあ」

「心配せんでもついて行くから。けど、カズちゃんだけで結果を聞いて。僕は待合コーナーに座って待っているから。何かあったら呼んでくれたらええよ。そんなことは無いと思うけど」

「予約が十時やから、九時に垂水駅に来てくれませんか」

「了解や。心配せんと今夜はゆっくり休んで」

「ありがとう。お休みなさい」

　スマホが切れた。短く素っ気ない会話に満たされないものを感じた。

　和子には身近に頼る者がいない。それだけの理由で私の側にいるのだろうか。日曜日の別れ際の和子の表情がそう思わせた。心のひだの波打ちは止まない。

翌朝、垂水駅の改札口を出ると、浮かない表情の和子が立っていた。

「おはよう。なんやその顔は。前の日に買《こ》うた萎びたイチゴみたいや。カズちゃん、しっかりしようぜ！」と、私は精一杯の笑みを繕った。

「ありがとう。しっかりします」と応えると、和子はようやく微笑みを浮かべた。

病院までは前と同じようにタクシーで行き、和子が料金を払った。二人は無言だった。

病院に入り受付を済ませ、消化器内科外来の前に行くと、私は「向こうの待合コーナーに座ってるから」と告げた。

和子は強ばった面持ちでソファに座った。

私は待合コーナーに行ったが、緊張は高まり不安がつのった。

しばらくして、看護師から名前を呼ばれた和子は私に顔を向け、うなずいてから診察室に入った。

私の胸に動悸が起こり、思わず指を組み眼を閉じた。沈黙の中で祈った。

この永遠と思われるような沈黙の暗闇に、光がかざされることを願った。永い時間が流れているように感じた。

ふと眼を開くと、笑みをたたえた和子が近づいてくるのが見えた。全てを覚った。

「カズちゃん、ほんまに良かった。良かった。安心して気が抜けそうや」と私は立ち上がって笑顔で迎えた。

「分かる？」

「当たり前やないか」

和子は微笑みの中で言った。

「支払窓口で精算するから。済んだら説明します。ここで待っていて」

私はゆっくりと腰を下ろすとため息を漏らした。安心するとともに、苦しい決断の時が訪れたことを自覚した。

まもなく、和子が戻ってきた。私の側に座ると微笑みの中で口を開いた。

「心配かけてご免ね」

「心配なんて全然してないよ。前にも言うたやろ」と、私は平静を装った。

「けど、正直なところ安心したよ」

「ありがとう。先生の説明やと、病理検査の結果、腫瘍性でないポリープで癌化するものやなかったんよ。一応安心やけど、一年に一度は大腸癌検査を受けるように言われた。できたら内視鏡検査も受けた方が良いと言われたけど、それは大腸癌検査で陽性が出た時にするわ。やっぱりしんどいもの」

「大腸癌検査を毎年受けといたらええと思うよ。けど、ほんまに良かった。良かったよ」

「安心したら、いっぺんにお腹が空いたわ。この前のお寿司屋さんが美味しかったから、あそこに行こうよ。心配させたから私がご馳走するから」

「サンキュウ！　今日は前よりも豪華なもんを注文するぞ！」

私は微笑みながら和子の顔を見た。

「オッケーよ」と笑みが返ってきた。

前と同じようにバスで垂水駅に出たが、車内の和子の表情は往路とは打って変わって晴れやかだった。

店内に入ると、昼前なのか、ちょうど二人席が空いていた。座るとすぐに店員が注文を取りに来たが、和子は即座に「特上会席二つ」と告げた。

「おいおい、半分冗談で言うたのに、もっと安いもんでええよ」

「この矢島財閥に任せてちょうだい」と応えて、和子は笑みを見せた。

「ユキさん、私は運が良いよねえ。早期に発見できて、おまけに悪性やなかったし。そのうえ、頼りになる人がいて……」と和子は私を見つめた。

私はその目線を避けるようにして軽口を言った。

「おまけに、その人はハンサムやし」

和子は微笑んで言った。

「また聞けてスッキリした」

瞬時に、この和みを永遠のものにしてはいけないという思いが私から笑みを消した。

「ユキさん、どうかしたの？」

「別に何でもないよ。次の冗談を考えてただけや」と言って誤魔化した。

「へ～、いちいち考えてアホな冗談を言ってるんや」と言って、和子は笑った。

今日の和子の胸の内を覗いてみたかった。

料理がくると、和子は屈託なく箸を運んだ。

その様子は、どうしても私には安らぎなのだ。

電車に乗り席に着くと、和子は気疲れのためか、すぐに背もたれに頭をつけて眠りにおちいった。その顔を見つめていると胸に痛みを覚えた。

元町駅に近づくと、私は和子の肩を軽く叩いた。

「カズちゃんは気疲れしたみたいやから、今日は家でゆっくりしたほうがええよ。次の三ノ宮で阪急に乗り換えるんやで。僕は元町で降りるから」

和子は睡魔が残る中で応えた。

「分かりました。今日はありがとう。また連絡するから」

電車を降りると、和子が深く頭を下げるのが眼に入った。

私は軽く手を振ったが、年甲斐もないような仕草に恥じらいを感じた。

改札口を出ると、余韻が残る中で夕食用の惣菜を求めて、いつものデパートを目指して歩いた。

地下の食品売場に行くと、夕刻には時間があるためか人は多くなかった。あれこれと考えるのが煩わしく、手っ取り早く寿司の折詰を買った。

マンションに戻り、リビングに入るとカーテンがうっすらと紅い色を残していた。やがて、あの春がやって来ると思うと気が滅入った。その時は自分だけがいるのだ。

寿司の折詰を食卓に置き、いつもの普段着に着替えた。すると、昼食後にコーヒーを飲まなかったことに気づき、コーヒーメーカーをセットした。

ソファに座りコーヒーを口にしたが、静寂に耐えきれずテレビのリモコンのスイッチを押した。夕方のニュース番組が流れた。

和子の顔が脳裏を埋め尽くした。

しかし、改めて思いを巡らせた。

和子と一緒に生活できれば私は幸せに浸れるだろう。しかし、和子にとってはどうなのだろうか。和子よりも遥かに高齢の私は数年で命を終えるかも知れない。そうだとすると、その後の和子はどうなるのか。幸せは時間の長さだけが問題ではないと言えるかも知れない。しかし、高齢の私にはそう言えたとしても、和子には詭弁でしかないだろう。

私が幸せを得るために和子を束縛することは、私のエゴでしかないのだ。和子が望んだとしても、結果的には和子の人生を奪ってしまうことになる。私の死後、和子はどう生きるというのだ。短くなるかも知れない私との生活の思い出を糧にして、生きていって欲しいと言うことなど滑稽といっても過言じゃない。

私の死後、良人を求めて幸せになって欲しいと言うのも無責任だろう。高齢の私が何時この世を去るかもしれないのだ。今の和子なら、良人を得ることは可能だろう。

和子が不幸になるなど決して私の望むところではない。和子の人生はこれからだと言ってもいい。その和子を愛し幸せを願うなら、和子から私が去って行くべきなのだ。

あの和子の微笑み、憂いを漂わせた横顔、その全てが美しい花となって私の心を満たしてきた。

しかし、その花を葬らねばならない。それならば、なぜかくも美しく咲いたのだ。

私は思わず眼を閉じ拳を握りしめた。

その時、スマホが鳴った。手にするといつもの声が耳に入った。

「今日はありがとう」

「とんでもない。結果が良かったんでほんまに安心したよ。カズちゃんもそうやと思うけど」

「ユキさんがいてくれたんで心強かったわ。これからも何があるか分からないけどよろしくね」

私は無言でいた。

「もうすぐ年度末なんで忙しくなるのよ。私からまた連絡するから」

意外なほど愁いのない声だった。

「分かったよ。まあ、仕事も大事かも分からんけど、健康にだけは注意してな。それが一番やから」

「いつも気にかけてくれて、ありがとう」

「とにかく、早く寝て明日からに備えて」

「分かりました。それじゃあまた」

「また……」

スマホは切れた。

　あのことをどう告げれば良いのだろうか。私の胸は疼いたが、和子から去りゆく決意は揺るぎなかった。

　むなしい時間が流れる中、空腹を覚えたわけではないが、食卓に置いた寿司の折詰を思い出し食卓に着いた。まるで、義務であるかのように箸を動かした。

味とは何なのか。虚飾にまみれた誤認なのか。今、それなら納得できる。

　いつものように風呂に入り、いつものようにベッドにもぐり込んだが、和子との思い出が脳裏を駆け巡り続けた。

　翌朝の目覚めに苦痛を覚えた。昼食と言ってもいいような遅い朝食を済ませると、マンションを出てメリケン波止場まで散歩した。今日の海も碧かったが、冷たい風が頬を打った。これからの私の道連れは、これしかないのだろうか。

　悶々とする中で数日が過ぎた。

　夕食を外食で済ませて帰宅するとスマホが鳴った。

「私。時間ができたので電話したのよ。今日はどうしてたん?」

「付き合ってる美人の彼女に会いに行ってきた」

「そうなんや。あのブルーが似合う綺麗な彼女でしょ?」

　和子の微笑みが見えるように感じた。

和子は私を見透かしている。

「そうや。まあ冗談は別にして、元気そうで良かったよ」

「何とかね。それはそうと、今度の日曜日にランチにでも付き合ってくれない？」

和子の声が明るいことに戸惑いを感じた。その明るさは何かの意図を包むものなのだろうかという疑念さえも私に生じせしめた。早くしなければという焦燥感に見舞われた。

「ええよ」と、私は素っ気なく応じた。

「何か嫌そうね。今日は気分が悪いの？　それとも何か怒ってるの？」

「いいや。昨晩は寝不足でね。それだけのことや」

「ほんなら、いつものJR三ノ宮駅で十一時にどう？」

「了解」

「楽しみにしてるから」

『僕も』と言いかけたが抑えた。

「おやすみなさい。ユキさん、何か怒ってないよねえ？」と、再び問いただした。

「もちろん。怒ることがあるはずないやん。おやすみ」と言うと、私はスマホを切った。

和子の鋭い直感にたじろぎを覚えた。

終章

当日の朝、これからは和子に出会ってからの朝とは違ったものとなることを覚悟した。

マンションを出る前に、和子と初めて食事したレストランに予約した。

いつもの場所に行くと私の和子がいた。

薄手の白いタートルネックのセーターの上にあのカーディガンを着て、ライトブルーのブレザーを羽織っていた。

あのカーディガンで良かった。

二度と見ることはなくなるこのまばゆい姿を強い眼差しで胸に刻んだ。

私が近づいて「おはよう」と言うと、和子は微笑みながら応じた。

和子はブレザーの前を開き、「今日はこれを」と言ってカーディガンを指さし、満面に笑みを浮かべた。

私の胸に再び苦悶が渦巻くのを覚えた。

私は大きくうなずくだけだった。その私を見て、和子は笑みを消し不安の中で私を見つめた。

「ユキさん、どうしたん？　何かあったん？」

私は苦悶を隠すように作り笑いで返した。

「何でもないって。そのカーディガンは似合ってるよ」

和子は笑みを浮かべた。

「市役所の西側にある半地下のレストランに予約しといたよ」

和子はそのままの表情で応えた。

「あそこは、ユキさんと初めて食事したところで、感じの良い店。ありがとう」

さんちかタウンに下りて、市役所前に出たが、その間、和子はたわいもない話を続けた。私はそれをうつろな中で聞き流したが、和子はその私の横顔を食い入るように見つめた。

レストランに着くと、私はドアを開けて、硬い表情の和子を先に入れた。エントランスからフロアーに下りていくと、ウエイトレスが近づいてきたので、名前を告げると奥まった場所のテーブルに案内された。

椅子に着くと和子は即座に尋ねた。

「ユキさん、何か怒ってんの？　何か嫌なことでもあったん？　今日はいつもと違う」

私はその言葉に胸を射抜かれたような感覚に陥った。

「何でもないよ。カズちゃんの思い過ごしや」

「そうなら良えんやけど。とにかく、食事を楽しもうよ。今日は私のおごりよ。心配させたからね」

「いや、今日は僕がご馳走するよ。カズちゃんの検査結果が良かったことのお祝いや。今日は絶対に僕が！」

その語気の強さに戸惑いを見せながらも、和子は「それじゃあ、遠慮なく」と応えた。

私はウエイトレスを呼ぶと、ビーフシチュウコースを注文した。パンかライスかを問われてライスと応え、食後のドリンクはコーヒーとレモンティーと伝えた。

和子は微笑みをこぼして言った。

「ランチにしてはゴージャスやねえ」

「そうや。今日は特別やから」

私は胸の中で『特別』を反芻した。

和子は『特別』を知らない。

スープが届くと、和子はスプーンを巧みに使って口に運んだ。

「家ではカップに口を付けて飲むんやけど」と言って微笑んだ。前と同じだ。

サラダに続いてビーフシチュウが出されたが、和子は「やっぱり風味があるねえ」と言って舌鼓を打った。

私は味を求めたが、和子を前にして徒労に終わった。

食事が終わるとドリンクが運ばれた。

和子がレモンティーを口にするのを見つめながら、私は口を開いた。

「いろいろ心配したけど、悪性でなかってほんまに良かったなあ。カズちゃんはまだ若いから悪性の場合は進行が速い。そやから、実のところ心配してたんや」

「ユキさん、心配かけてごめんなさい」

「これから、偏食や暴飲暴食に注意せなあかんよ。特に野菜をぎょうさん摂らんと。忙しいから自炊で野菜を摂るのが難しかったら、野菜ジュースを飲んだらええんや。カズちゃんはこれからの人生が永いから健康に気を付けてなあ」

「分かってるわ。自炊の場合は、簡単に済ませようとして野菜を摂るのがおろそかになるのよ。気を付けるわ」

「ほんまに気を付けるんやで」と、くどいように言う私の顔を和子はじっと見つめ、不安を交えて尋ねた。

「ユキさん、やっぱり今日はちょっと変よ」

「そんなことないよ」と私は応えたが、その白々さに自身を嘲った。

「ちょっと寒いかも知れんけど、すぐそこの東遊園地に行こうか。緑も多いし」と和子を誘った。

「最近は緑の中にいることがなかったから、いいよ。天気も良いし」

屈託なく応えた和子を見ると胸が痛んだ。

レストランを出て少し南に歩くと東遊園地だった。常緑樹も多く、冬季でも緑ゆたかな都会のオアシスである。

休日で散策する人は少なくなかったが、しばらく歩いて行くとベンチを見つけた。

「座ろうよ」と和子に声をかけた。声が上ずっているのを覚えた。

ベンチに座ると、私の胸に烈しい動悸が走った。

和子の横顔を眼にすると決意が砕けそうになったが、大きく一呼吸して口を開いた。

「カズちゃん」

いつもの抑揚でない呼びかけに、和子は私の顔を射るように見つめた。

「明日から、もう君と会わずにおきたいんや」

和子は突然の言葉に声を失い、大きく眼を見開き驚愕の表情を見せた。

しかし、瞬時に和子は平静を取り戻し、微笑みを浮かべて言った。

「何を言い出すのよ！　悪い冗談なんか言って、いい加減にしてよ」

私は冷酷を装って言い返した。

「いや、冗談やない。もう会わんことにしよう」

「どういうことなんよ！　本気なん！」と和子は眼をつり上げ声を荒げて叫ぶように言った。

私は偽りを語ることに、もはや躊躇などなかった。

「もう君と会うんが億劫なんや。煩わしいんや。一人の方が気楽でねえ。はっきり言うけど、もう会いたくないんや」

「まさか、そんなこと言われるとは思わなかった。私は億劫でもないし、わずらわしくもない。ユキさんは独居老人と悲哀を込めて言うけどそうやない。正直言って、私は気持ちが揺れることもあったけど、今、はっきり言うわ。ユキさんには私がいる。私にはユキさんがいて欲しいのよ！」

和子の潤んだ瞳は訴えた。

決心がもろくも崩れそうになったが、胸の中で頭を下げながら言った。淋しさを紛らわすためだけに君と会ってただけなんや」

「はっきり言うけど、元々君なんかどうとも思ってなかった。淋しさを紛らわすためだけに君と会ってただけなんや」


私はより冷酷に言った。

「君を慰みものにしただけのことや」

和子は余りにも酷い言葉が耳に飛び込み、「ええ！」と声を上げた。

「いつもの冗談なんでしょ。そうなんでしょ！　そうやと言って！」と、和子は叫ぶように言った。

和子の頬に涙が流れた。

それでも私は言わねばならない。

「冗談なんかやない。病院にも付いて行ったけど、それは君が一人やから、いわば世間一般の親切心でやっただけのことなんや。もうこれ以上、君と会うのは煩わしいんや。嫌なんや。真っ平や！」

和子は怒りを込めて言葉を投げた。

「私は、もう『カズちゃん』でなくなったんや。『君』なんや。私を見捨てるの！　私を一人にするの！」

その涙に濡れた顔は私の心を覆そうとしたが、必死に非情に没頭する中でなおも続けた。

「君はまだ若い。大丈夫。君の人生はこれからや。僕のような高齢者と違って君には未来がある。一人になっても希望が持てる。僕にはないけど。それに、元々君は一人やったやないか」

「どうしても私を捨てるの！」

「おいおい、捨てるなんて、そんな言い方は止めてくれよ。元々、何でもなかったんやからなあ。もう、会いたないいんや。顔も見たないいんや」

私は心の中で冷酷さを詫びた。

「よくもそんな酷いことが平気で言えるねえ！　見損なったわ。私を都合良くあしらってただけなんや。騙されたんや！」と和子は怒りを露わにした。

「僕は君を騙したんやない。君の誤解やっただけのことや」

「分かりました。私はユキさん、いえ真田さんのことを……。それを真田さんも分かっていてくれていると思ってた。真田さんも私のことを……。いつかはきっと、きっと……」

和子は大きく肩を震わせて涙にむせんだ。

その言葉は大きな刃となって私の胸を抉った。その苦痛に耐えてなおも口を開いた。

「それは君の錯覚にすぎなかったんや。その勝手な錯覚に責任は取れへん。僕の知ったことやない！」

私は役目を終えた。

これで良かったのだ。

和子を愛している。改めて覚った。

和子は涙で濡れた顔を震わせながら私を鋭く凝視した。最早、痛みは感じない。

「ＣＤは返して貰わんでもええから。君にあげる」と言って、私は涙と憤怒を湛えた和子の顔をじっと見つめた。それを胸に刻んだ。

和子は立ち上がると無言のうちに小走りで去って行った。その後ろ姿は見なかった。

しばらくは忘我の世界に浸った。感情を無くしていた。

もう二度と和子のような女性にはめぐり逢わないことだろう。いや、今までにもめぐり逢わなかったが。

人の世はままならないことぐらいは、今まで生きてきて分かっていたつもりだった。しかし、恨んだ。

私は脱力感に襲われる中で、ようやく立ち上がった。

未だ残る陽ざしに苛立ちが湧き上がった。

歩を進め始めると、無意識のうちに行き慣れたオープンカフェに向かっていた。そこは日曜日で賑わいを見せていたが、道路沿いのテーブルが空いていた。そこに腰を落とすと、いつものカプチーノを注文した。

一口の温かいカプチーノは凍てついた心に染み渡った。

後悔が無いなどとはとても言えない。しかし、と思うのだ。

和子とこのまま続けることは私には幸せだ。しかし、彼女を愛するがために彼女を求めるということ、それは真に彼女を愛することではないのだ。たとえ彼女が望んだとしても、それは高齢の私の利己的欲望を満たすものでしかないのだ。年の差で世間の目を気にするのではない。彼女のこれからの人生を考えるなら、彼女を愛するなら、彼女から去るべきなのだ。改めて自分に言い聞かせた。

愛は欲望ではないはずだ。己のために奪うのが愛ではないはずだ。愛は献身なのだ。和子を傷つけた。しかし、それは私の献身の証でもあった。あれでよかったのだ。

まもなく終えるかもしれない私の人生は何だったのだろうか。

平凡な男として平凡な人生を送ってきた。名声や富や成功を得たわけではない。このまま誰からも忘れ去られ、永遠に虚無の世界に一人旅立って行く。

しかし、一つだけ胸を張れることがある。真剣に和子を愛し、懸命に和子を支えたことだ。この人生で私はそれだけで満足だ。

彼女と巡り会い、短い間でも彼女と心を通わすことができたことに感謝すべきなのだ。

ほんの少し前まで、私の胸には花が咲いていたが散り去った。しかし、嘆くよりも、この今を生きるしかないのだ。

生きていること自体に意義を見出そう。自分にそう言い聞かせようとした。しかし、それは苦行でさえもある。

遠い昔、親友を亡くした。父母も兄も旅立ち、伴侶とも別れた。知人をも拒絶した。私だけがここにいる。

別離だけが人生なのか。めぐり逢いは別離のためにあるのだろうか。これこそが人間の宿命なのか。

私は記憶たちが去っていった荒涼たる境地の中にいた。

死が微笑みかける。しかし、死よりも生を選択することの方が勇気を必要とするのだという虚栄にみちた自尊心が、かろうじて私を支える。

今夜も、あの空間で夜を迎える。容赦なく命を削る刃を握りしめ、決して抗うことができない『時』というものの歩みに怯えながら、いつもの朝を迎える。

同じ日をただ一人で過ごし、やがて決して目覚めることがない日を迎える。せめて、苦痛にさいなまれることなく、その日が訪れることが、今の私にとっては唯一幸せなことなのかも知れない。それまでは苦しくとも、この命を全うしよう。

即座に自身に反問する。

その日々のどこに苦しみがあるというのだ。見える、聞ける、話せる、味わえる、歩ける、実に豪奢ではないか。苦しいなどという戯言を言うべきではないのだろうか。彩られて芽吹く春、旺盛に躍動する夏、澄んだ陽の中で色づいた木の葉が舞う秋、冷気に包まれながらも再生への胎動を宿す冬、時の移ろいに委ねながら忘我へと誘うあの海。それらの営みを愛でて生きよう。そう自己を承服させようとした。

そこに、やはり空しい虚勢に過ぎないのではないかという懐疑が去来する。

だが、私がこれから生きていくためには、その虚勢に甘んじるしかないのだろうか。

様々な思いが輻輳し私の心は千々に乱れる。

しかし、胸の鼓動だけは確かに聞こえる。

いつの間にか黄昏を迎えようとしていた。

夕陽が正面のビルのガラス窓に反射され、うす紅いベールがオープンカフェを包んだ。

私はゆっくりと立ち上がると、深いため息をついた。

重い歩みを運ぼうとした時、背後から鋭い声が飛んだ。

「大ウソつきのタヌキ親父！」

著者プロフィール

西野 民彦（にしの たみひこ）

昭和21年生まれ。

兵庫県出身・在住。

著書『海が見える』（幻冬舎電子書籍、令和３年）
　　『陽を見つめて』（幻冬舎電子書籍、令和４年）

黄昏に

2024年６月15日　初版第１刷発行

著　者　西野 民彦
発行者　瓜谷 綱延
発行所　株式会社文芸社
〒160-0022　東京都新宿区新宿１－10－１
電話　03-5369-3060（代表）
03-5369-2299（販売）

印　刷　株式会社文芸社
製本所　株式会社MOTOMURA

ISBN978-4-286-25378-7